喜·诗词

喜文化丛书编委会 编著

南方日报出版社
NANFANG DAILY PRESS
中国·广州

图书在版编目（CIP）数据

喜·诗词 / 喜文化丛书编委会编著. --广州 : 南方日报出版社，2019.12
ISBN 978-7-5491-1976-9

Ⅰ. ①喜… Ⅱ. ①喜… Ⅲ. ①诗词－诗歌欣赏－中国
Ⅳ. ①I207.2

中国版本图书馆CIP数据核字（2019）第024949号

XI SHICI
喜·诗词

编　　著：喜文化丛书编委会
出版发行：南方日报出版社
地　　址：广州市广州大道中289号
出 版 人：周山丹
责任编辑：阮清钰　李佳航
装帧设计：肖晓文
责任技编：王　兰
责任校对：裴晓倩　魏智宏
经　　销：全国新华书店
印　　刷：广州市岭美文化科技有限公司
开　　本：787mm×1092mm　1/16
印　　张：15
字　　数：180千字
版　　次：2019年12月第1版
印　　次：2019年12月第1次印刷
定　　价：88.00元

投稿热线：（020）87360640　　读者热线：（020）87363865

前言

“喜”这个字，可以说是中国人最喜欢的汉字之一。从字形上看，就像一张笑脸；从读音上看，发“喜”这个音的时候，总会在嘴角浮出一丝微笑。这个字会让我们想到大红的“囍”字，想到喜笑颜开、喜上眉梢、喜出望外……这些充满吉祥的成语。

“一曲笙歌春如海，千门灯火夜似昼”，元宵看灯是喜；“水光潋滟晴方好，山色空蒙雨亦奇”，湖边赏景是喜；“正是浴兰时节动，菖蒲酒美清尊共”，端午品粽是喜；“却看妻子愁何在，漫卷诗书喜欲狂”，收复河山是喜。

人心向喜，“喜”文化是中国最为传统的文化之一，早已在中华几千年的文化沃土中生根发芽。凡是有关喜的内容与形式均可纳入“喜”文化的范畴，喜悦涵盖了精神与物质生活的丰裕，喜悦的生活成了中国人世世代代的梦想，诸多人生美妙时刻几乎都可以用“喜”来概括。

人生中处处见喜，喜是一种主观见之于客观的反应。喜文化既是民俗的，也是艺术的；既是历史的，也是当下的；既有宗教的色彩，也有神话的要素；既是人们对有关自身的美妙瞬间之心理反应，也是人们的普遍追求，对美好生活的向往。

“喜”文化是一个跨领域的文化范畴。这本《喜·诗词》是我们在其中一个领域作出的初步探索。未来我们将继续将“喜”文化与其他文化领域嫁接，探索喜与人生、喜与民俗、喜与神话、喜与哲学、喜与心理、喜与艺术、喜与商业、喜与历史等领域，并期待能够碰撞出新的火花。

目录

目录

仁者乐山，智者乐水。

古人与自然对话，

作息与自然相谐，

对自然的敬畏激荡于胸中，

并且由此生发出喜悦之意。

乐山水

渔歌子

唐◎张志和

西塞山[1]前白鹭[2]飞，桃花流水[3]鳜鱼肥。

青箬笠[4]，绿蓑衣[5]，斜风细雨不须归。

作者简介：

张志和（约730—约810），字子同，初名龟龄，婺州（今浙江省金华市）人，自号烟波钓徒，又号玄真子。唐代著名道士、词人和诗人。

注释：

①西塞山：在今浙江省湖州市西面。

②白鹭：一种白色的水鸟。

③桃花流水：桃花盛开的季节正是春水盛涨的时候，俗称桃花汛或桃花水。

④箬笠：用竹篾、箬叶编成的斗笠。

⑤蓑衣：用草或棕麻编织的雨衣。

元・吴镇《渔父图》

春色如许不须归

迷蒙雾霭中，隐约行来一只随水徐流的渔舟。

适逢江南的暮春时节，山明水秀，烟雨缭绕。密云渐渐笼出一片乌阴，桨声摇曳间，昏昏的雨丝如碎玉，打在船篷上，摊陈在似宝鉴的湖面上。斜风缕缕，犹如一双温润手掌，拂向舟上逸兴遄飞的张志和，以及刚到任的湖州刺史颜真卿。张志和向来是颜公的座上宾，此次往谒，颜公大悦，二人推杯换盏，谈笑风生，小至家长里短，大至江山社稷，推心置腹，畅所欲言。

欣然唱和间，帘子被微风吹开一角，湖光山色便从窗外映入。张志和酒酣耳热，忘乎所以，忽起身负手，立于舟前，西塞山的青翠、西苕溪的明澈、两岸桃林的明烈鲜妍，一切景象映入眼帘，使人犹如置身画中。空中飞过一双轻盈的白鹭，水波下游过一群肥美的鳜鱼，远处的老渔翁头戴青色的斗笠，身披绿油油的蓑衣，从容不迫地收着渔网，偶尔停下劳作，一边歇息，一边想着今夜丰盛的全鱼宴。喜不自胜的诗人才思如泉

明・沈周《云石风泉图》

明·沈周《山水图》扇页

涌，成竹在胸，须臾间，一曲脍炙人口的《渔歌子》已信手拈来。但见一旁的颜公连连大笑，拍案叫绝，还不忘饮尽手中那盅酒。

江南风光实在是历代文人骚客灵感的温床。目之所及，皆为妙景，不须刻意调动一丝一毫的矫揉与造作，心中的欣喜与快慰已油然而生，景语、情语，倚马可待。从“日出江花红胜火”到“水秀山清眉远长”，哪怕是最简单的字眼辞藻，一旦被用来描摹南国的情状，都会变得无限温柔。而张志和之妙，妙在他将热爱自由、热爱自然的超脱情怀，寄托于秀丽水乡与渔人生活编织而成的连亘长卷里，让人不禁以为这潋滟春景并非天地所造，而是自他的心境而生。全词字里行间，不曾提及“喜”与“乐”，可词人对自由、自然的喜爱，却跃然纸上，不言而喻。若尘世让你觉得疲倦，那么，回归自然吧！让烟云与山川净化你的魂灵，抚平你的伤痛。世人皆道张志和乐而忘返，可肉体虽然忘记返家，他的心灵却从不曾忘记返回自然。

毕竟，春水初生，春林初盛，春风十里——曼妙画卷近在眼前，人生知音陪伴身侧，连溪上渔翁都不曾急着归去，兴致盎然的词人又何须离开呢？

积雨辋川庄[1]作

唐◎王维

积雨空林烟火迟，蒸藜炊黍[2]饷东菑[3]。

漠漠水田飞白鹭，阴阴夏木啭黄鹂。

山中习静观朝槿，松下清斋折露葵。

野老与人争席罢[4]，海鸥何事更相疑。

作者简介：

王维（701，一说699—761），字摩诘，河东蒲州（今山西省运城市永济市）人，祖籍山西祁县，唐代诗人，有“诗佛”之称。

注释：

①积雨：久雨。辋川庄：即王维在辋川的宅第，在今陕西蓝田终南山中，是王维隐居之地。

②藜：一年生草本植物，嫩叶可食。黍：谷物名，古时为主食。

③饷东菑：给在东边田里干活的人送饭。饷：送饭食到田头。菑：已经开垦了一年的田地，此处泛指农田。

④野老：村野老人，此指作者自己。争席罢：指自己要隐退山林，与世无争。

清·王原祁《辋川图卷》（局部）

山中一日胜神仙

空林久雨，惠风和，宜素约，宜迟起。

木屋内，小轩窗的帘栊被拨开一角，清晨新鲜的空气便慢吞吞、明昭昭地攀入领地。王维满面春风，从容自若，只身一人走出禅院，但见田野上伴着佳肴香气的炊烟迟徐升起，当是哪户人家的主妇已备好早餐，正步履匆忙，送给耕耘劳作的丈夫。辋川的夏天，宁静中带着蓬勃的生机，水田之上，几行白鹭扑闪着羽翅飞过，密林之间，婉转的黄鹂声空谷传响，经久不绝。隐居的时光是温柔的，他得以将头脑放空，双眼舒扬，惬意地审视着世间万物。原来，只要心是喜悦而知足的，哪怕深居简出、啜菽饮水，也足以快慰平生。山中生活，不外乎吃斋念佛，打坐冥思，可他丝毫不觉得困苦。每每想到早晨有娇艳的木槿作伴，有经霜的葵菜待折，便觉得充实而快乐。他愈这般思索，神愈兴，采愈烈，脚步愈轻盈。

王维此诗作，冲淡幽深，淳朴清新，大有澄旷偈味、渊明遗风，足以涤荡读者襟怀，予人恬冲宁和的无尽遐思。要知道，王维早年便信奉佛道，

乾隆丁丑春御題

晚年更仰慕老庄之境，随着刚正不阿的天性与黑暗压抑的现实之间冲突不绝、矛盾日增，他渐渐过上了半官半隐的生活，直至完全隐居辋川之时，内心对凡尘“无可无不可”的超脱态度已彻彻底底地袒露，不再遁藏。纵然仕途不顺，又如何？他还不稀罕在纷纷扰扰、勾心斗角的名利场，让红尘里无穷无尽的喧嚣污染了自己。莫如做个逍遥快活、与世无争的村野老人，与海鸥相依为伴。宋代的林逋以梅为妻，以鹤为子，其超然心境，想必也与王维有不谋而合之处。

再思及几百年后的唐伯虎，二人个性大相径庭，一个张扬恣肆，一个高远淡泊；一个大俗，一个大雅，可若深究，却颇有完成一次跨越时空的神交的可能。当唐寅携着卖桃花买来的酒，住进桃花庵，高唱一曲“别人笑我太疯癫，我笑他人看不穿”时，他陶醉在独属于自己的精神家园里，完成了一场旁人无权参与的心灵清涤。若王维也在场，定要为觅得知音而笑逐颜开了吧——怡然自乐，快然自足，不知老之将至。旁人所以为的“孤单”，他却甘之如饴。

◀ 明·沈周《山水图》

饮湖上初晴后雨二首·其二

宋◎苏轼

水光潋滟晴方好①，山色空蒙雨亦奇②。

欲把西湖比西子③，淡妆浓抹总相宜④。

作者简介：

苏轼（1037—1101），字子瞻，又字和仲，号东坡居士，世称苏东坡、苏仙，眉州眉山（今四川省眉山市）人，祖籍河北栾城，北宋著名文学家、书法家、画家。

注释：

①潋滟：水波荡漾、波光闪动的样子。方好：正显得美。
②空蒙：细雨迷蒙的样子。蒙，通"濛"。亦：也。奇：奇妙。
③欲：可以；如果。西子：西施，春秋时代越国著名的美女。
④总相宜：总是很合适，十分自然。

明·沈周《卧游图》（之二）

见美景如遇美人

天色朦胧间，苏东坡乘兴启程，身披着染红了群山的晨曦，迎候远道而来的客人。冬春之交，冰雪渐融，而西湖的天色似孩童的脸，须臾间便变了样。他意兴盎然，抬头瞭望，方才尚是晴空无限，不多时便已细雨空蒙。闲适的行人也被催促着加快了步履。唉，他们只知晓晴天游湖的乐趣，哪里懂得欣赏雨中的曼妙湖山？东坡一面懊恼着世人的“牛嚼牡丹”，一面为自己的“偏得”而眉飞色舞，窃喜不已。

傍晚时分，不胜酒力的宾客早已醉入梦乡，安然自若地将自己交给一朵飘来江南的云，丝毫不珍惜这领略雨中西湖的宝贵时机。而诗人却心花怒放，即景挥毫，任心情在这场迷离的縠雾中沉醉，灵魂似乎随时就要升腾而起，飞出天外，揽月摘星

明·沈周《秋轩晤旧图》（局部）

去。他从西湖的“西”字，联想到自越国窈窕而来的西子，是将西湖比作西子，还是将西子比作西湖？这显然已经不重要了，无论风雨还是晴明，无论淡妆抑或浓抹，她们总是可爱至极，令人见之忘俗。东坡撩开袖袍，搦管操觚，历史上这妙手偶得的神来之笔，仅仅发生于瞬息之间，却注定将西湖的美名传扬到千里万里，并势必流传千年万年。

苏轼与杭州，一个是名动四方的文人，一个是般般入画的城池。他们之间的渊源，要从诗人不如意的仕途遭逢讲起。当时苏轼上书谈论新法的弊病，王安石火冒三丈，令御史谢景在皇帝面前进言，谈论苏轼的过失。苏轼便请求出京任职，最终被派往杭州任通判，一做就是三年。可每每读此诗，我们却丝毫寻不到诗人流露任何或愤懑或委屈的负面情绪。正如林语堂对苏东坡的评价：“苏东坡伟大的人格比任何一位中国作家更加突出，也更完整地反映在他的生活和作品中。”他永远是那个“一蓑烟雨任平生”的旷达才子，什么都不是问题，什么都想得开，他面对人生百态，能永葆稚童般的率真个性，他超旷达观的襟怀，让这个世界显得既浪漫又可爱。

若有机会，趁着落雨时节去游一次湖山吧。你来，或者不来，美景就在这里，“也无风雨也无晴”。

燕燕于飞，差池其羽。

诗人往往乐于观察生活，

春江水暖，鹂歌婉转，

许多灵禽入诗入画，

增加了太多鲜活的诗意和喜气。

趣灵禽

玉台体①

唐◎权德舆

昨夜裙带解②，今朝蟢子③飞。

铅华④不可弃，莫是藁砧⑤归。

作者简介：

权德舆（759—818），字载之。天水略阳（今甘肃省天水市）人，后徙于润州丹阳（今江苏省丹阳市）。唐代文学家，官至礼部尚书、同平章事。

注释：

①玉台体：南朝徐陵编诗选《玉台新咏》，多为艳诗或言情诗，以此得名。

②裙带解：古代女子裙带忽然松开为喜兆。

③蟢子：小蜘蛛脚长者，俗称蟢子。

④铅华：指脂粉。

⑤藁砧：为“丈夫”的隐语。

清・髡残《秋虫豆荚图》

蟢子飞，爱人归

深庭清晨，盛暑的清风适时而动，将半掩的窗棂拂开一角，缕缕晨曦便招摇着跌进楼阁，映衬得青玉案、木妆奁、珍珠与翠羽熠熠发光，似装满星辰的湖波。一方铜鉴前，女子挺直优雅的背脊，不知在思念着什么，显得颇为心不在焉。

忽然，眼前一道不大不小的黑影闪过，伴着搅乱空气的声响，打破了清晨的寂静。她抬起头，循着声音将目光移去。往日亲密的爱人不在身边，仿佛无论做什么，都提不起半点儿兴致。

而当她看清声音的来源时，出神许久的双眼瞬间泛起明亮的光——竟是一只蟢子！她听村中年长的老婆婆说，清晨遇见蟢子，一定有好事发生。

女子深眸一弯，欣愉地重新望向镜中的自己，唇角抑制不住地浮现出一丝笑意。

她从今朝掠过耳畔的喜蛛，联想到昨夜蓦然松开的裙带，想起所有所有，可能被自己忽略的与

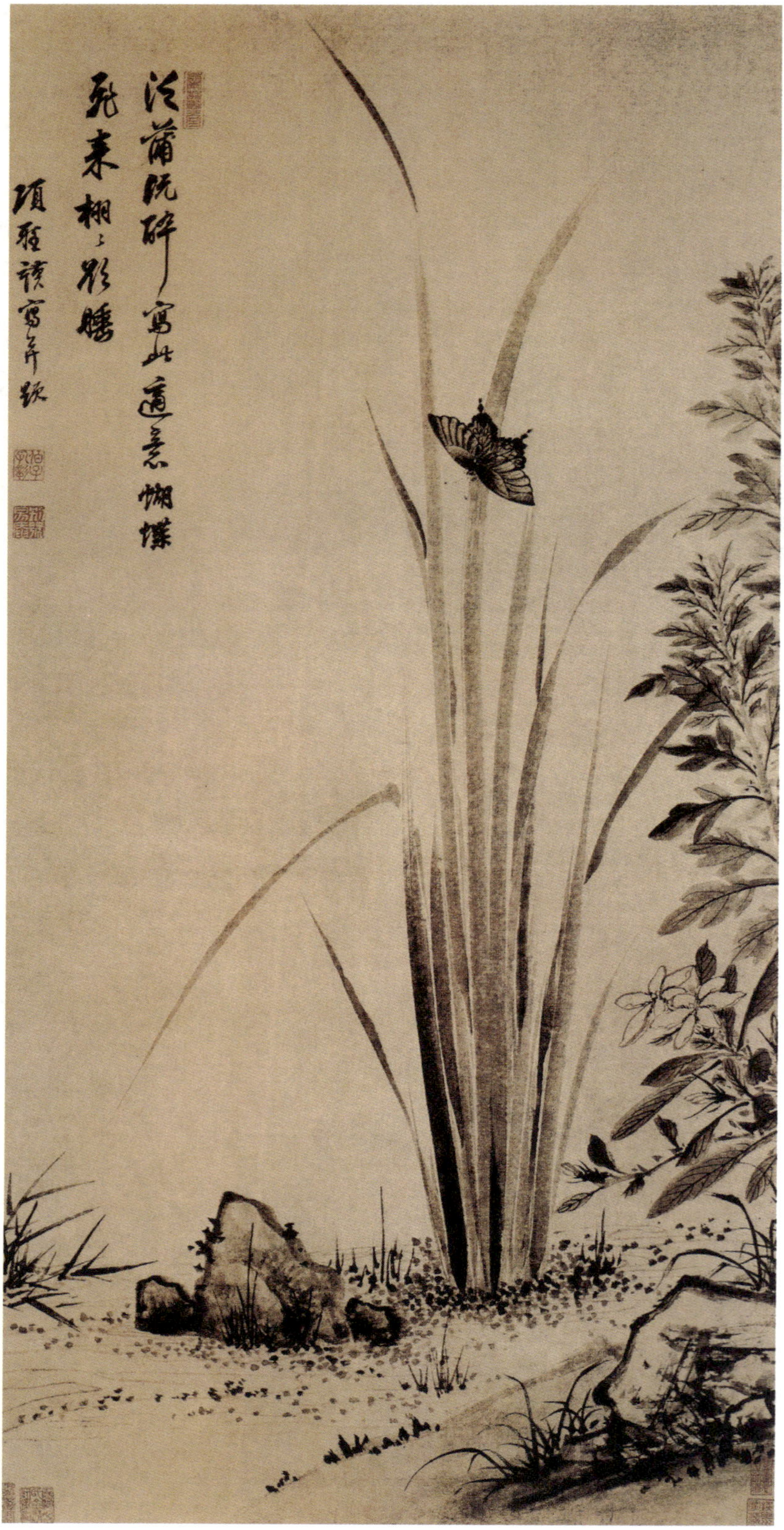

明·项圣谟《蒲蝶图》

清·朱偁《花卉鸟虫图》

他有关的征兆——她欢欣雀跃，恨不得跳起来转几个圈。“一定是夫君要回来啦！”她满是自信，沾沾自喜。女子的快意波涛汹涌，四周的一切都在为她高歌欢笑，以至于，连空床上孤单的玉枕都不再冰凉，一向避之唯恐不及的爬虫都显得楚楚可爱。

古时民间，以动物为喜兆的现象屡见不鲜。如此诗中的“蟢子”，为蜘蛛的一种。陆玑《毛诗草木鸟兽虫鱼疏》载：“（蟢子）一名长脚，荆州河内人谓之喜母，此虫来着人衣，当有亲客至，有喜也。”《刘子·鄙名篇》道：“野人昼见蟢子者，以为有喜乐之瑞。”元代李齐贤有诗：“鹊儿篱际噪花枝，蟢子床头引网丝。”清代金农亦作：“双烛生花送喜频，红丝蟢子漾流尘。”他们咏的是蟢子，心中想的则是自己勾画已久的愿景。蟢子在此处，已经不单单是自然界中的一种生物，而成为他们对生活的寄托、对未来的憧憬，成为一位高高在上、不可触犯的神灵。

古代言情诗极易陷入矫揉造作、流于浮艳的窠臼，而此诗贵在精致含蓄，以小见大，既有自然大气的盛唐风骨，又有细致入微的齐梁诗风，颇为可观。一条轻盈的裙带，一只豆大的蜘蛛，不过是微不足道的小物，当落入“有心人”女主人公的眼帘时，却足以翻涌起无数涟漪，思念、惊喜、焦虑、期许，无数细致而复杂的真挚心绪，缠绵错落，兴味无穷。

鸳鸯

佚名

鸳鸯于飞，毕之罗[1]之。

君子万年，福禄宜[2]之。

鸳鸯在梁，戢[3]其左翼。

君子万年，宜其遐福。

乘马[4]在厩，摧之秣[5]之。

君子万年，福禄艾[6]之。

乘马在厩，秣之摧之。

君子万年，福禄绥之。

出处简介：

本诗出自《诗经·小雅》。《诗经》是中国古代诗歌的开端，也是最早的一部诗歌总集，原称《诗》，收集了西周初年至春秋中叶（前11世纪至前6世纪）的诗歌，共305篇。

注释：

①毕：长柄的捕鸟小网。罗：无柄的捕鸟网。

②宜：引申为享。

③戢（jí）：插。谓鸳鸯栖息时将喙插在左翅下。

④乘（shèng）：四匹马拉的车子。乘马引申为拉车的马。

⑤摧（cuò）：通“莝”，铡草喂马。秣（mò）：用粮食喂马。

⑥艾：养。一说意为辅助。

清·任薰《花鸟图》（局部）

只羡鸳鸯不羡仙

这首诗以鸳鸯和乘马起兴，通常被用来庆贺新婚、祝福新人。

天高云淡，和风如煦，五彩缤纷的一对鸳鸯，双双展开斑斓的翅膀，欢快而自由地嬉戏着、飞翔着。即使有一天，天罗地网夺取它们的自由，宿命的枷锁禁锢它们的肉体，它们仍然无所畏惧，生死相随。命运有时艰辛困苦，有时颠沛流离，可彼此的陪伴却能使所有痛苦显得微不足道，不求天长地久，只求与子偕老、患难与共。

池塘之畔，芳草萋萋，成双成对的一对鸳鸯，将纤长的嘴插入左翅，时而四目相视，时而彼此追逐，时而交颈击水。它们眼中没有全世界，唯有彼此。天上的神仙有什么好？只要能和恋人相亲相爱，惺惺相惜，厮守一世，哪怕岁月短暂，也心甘情愿；哪怕时光荏苒，甜蜜的欣悦也永不褪色。

鸳鸯一生雌雄相随，从不相离，人若捕得其一，则另一亦会为相思而死。因此，鸳鸯又被赞为“匹鸟”，“止则相耦，飞则相双”。而“鸳鸯”的谐音，恰恰就是“阴阳”。先秦时淳朴的人们，为鸳鸯矢志不渝的爱恋所打动，认为这正是眷侣间真挚的情感。他们喜不自胜，击掌高歌，而摧秣乘马，同样饱含了对情侣理想婚姻、完满人生的美好

宋 · 冯大有《太液荷风图》

祝愿。厩中的马儿得到精心喂养，又肥又壮，朝气勃勃，随时等待加入迎亲的队伍，想必新人的婚礼，一定筹备周到，他们的婚后生活，也定然喜惬温馨，富足美满。

《诗经》的语言，朴实无华，朗朗上口，寄托着人们对生活的憧憬与希望——但愿世间有情人皆能如斯，郎才女貌，从一而终，愿君子福禄一生、幸福绵长。幸得《诗经·小雅》的收录，这首彰显着古人质朴情感的《鸳鸯》得以流传千古，广为传唱。

民间对鸳鸯的热爱经久不息，沉淀为整个民族的集体记忆，无论是被衾绣的鸳鸯图，还是年画上的“鸳鸯戏水”，都宣告着对百年好合的期许。后世文人骚客，多以鸳鸯喻佳偶成双，从司马相如的“何缘交颈为鸳鸯”，到卢照邻的“愿作鸳鸯不羡仙”，再到杜牧的“鸳鸯相对浴红衣”，世间关于浪漫爱情的美丽传说和故事，由鸳鸯而起，永不会终止。

◀ 元 · 张中《芙蓉鸳鸯图》

凤

唐◎李峤

有鸟居丹穴，其名曰凤凰。

九苞[①]应[②]灵瑞[③]，五色成文章[④]。

屡向秦楼侧，频过洛水阳。

鸣岐[⑤]今日见，阿阁[⑥]伫来翔。

作者简介：

李峤（646—约715），字巨山，赵州赞皇（今河北省）人，唐代诗人，唐上元年间，举制策甲科，历高宗、武后、中宗、睿宗四朝。

注释：

①九苞：凤的九种特征。后为凤的代称。
②应：应验。
③灵瑞：瑞祥、吉祥。
④文章：错杂的色彩或花纹。
⑤鸣岐：指谓吉祥之兆。
⑥阿阁：指四面都有檐溜的楼阁。

明·陈嘉选《玉堂富贵图》

有凤来仪

云层之外，远山之巅，深不见底的洞穴里，住着一只大鸟。

它叫凤凰，万物灵长，百鸟之王。它不群居，不侣行，非梧桐不栖，非竹实不食，非醴泉不饮。它端雅，高傲，无喜无怒，慈悲而静默地俯瞰着整个人间。

它是吉祥与灵瑞的代名词，是华丽与神圣的化身，它所到之处，皆成喜色，锣鼓齐鸣，万人空巷。它常常昂首伫立于高耸的秦楼，频频飞越悠长的洛水，岐山回荡着它澄澈的声音，阿阁记录了它壮阔的翱翔。它沁人心脾的鸣叫令人乐不思蜀，它磊落圣洁的身影令人过目难忘。史家吝啬笔墨，诗人当初吟咏此诗篇的原因今人已无从得知。或许，是因午夜梦回，诗人与凤凰齐舞，一片绚丽的羽毛停留在他的枕畔，才催生出这典雅与磅礴并存的美丽诗篇。

从这短短的几句诗中，我们可以追溯整个民族

对凤凰的信仰。早期人类社会生产力低下，人们在严酷的自然环境里生存，还不能独立支配自然力，也不能解释自身来源，对自然界充满幻想、憧憬乃至畏惧，崇拜各种比人类更强大的自然或超自然力量，这就是图腾和鬼神产生的社会基础。鸟图腾崇拜多和太阳崇拜相联系。广为人知的三足乌，原本就是“日中阳鸟”；中国文化遗产标志所采用的四川金沙“太阳神鸟”金饰也是四只神鸟围绕太阳旋转飞翔的造型。这种对太阳和鸟的双重崇拜，促生了中国文化的一个重要形象——凤凰的诞生。起初凤为雄鸟，凰为雌鸟，后来渐渐演变为“凤凰”的总体概念。凤是人们心目中的瑞鸟，天下太平的象征。古人认为时逢太平盛世，便有凤凰飞来。

凤有九苞：“九苞者：一曰口包命；二曰心合度；三曰耳听达；四曰舌诎伸；五曰彩色光；六曰冠矩州；七曰距锐钩；八曰音激扬；九曰腹文户。”凤有五色：青、黄、赤、白、黑。凤凰在历史上、现实生活中，和龙一样，是人与神之间的一座桥梁。人类借助于龙、凤，建立和大自然的联系。充满神性的凤凰，由原始社会的人类虚构而生，它饱含着劳动人民对神灵的虔诚、崇仰、顶礼膜拜。

◀ 清·虞沅《玉堂富贵图》

春日迟迟，采蘩祁祁。

古人重视农耕，

对节气变化、

四季更迭的感知十分重要，

因物候而生的欢欣时见于诗词之中。

欣物候

春夜喜雨

唐◎杜甫

好雨知[1]时节，当春乃发生[2]。

随风潜[3]入夜，润物细无声。

野径[4]云俱黑，江船火独明。

晓看红湿处[5]，花重[6]锦官城[7]。

作者简介：

杜甫（712—770），字子美，自号少陵野老，河南巩县（今河南省郑州市巩义市）人。唐代伟大的现实主义诗人，后人称其为“诗圣”。其记录当时历史兴衰的诗被称为“诗史”。

注释：

①知：明白，知道。说雨知时节，是一种拟人化的写法。
②发生：萌发生长。
③潜：暗暗地，悄悄地。这里指春雨在夜里悄悄地随风而至。
④野径：田野间的小路。
⑤红湿处：指有带雨水的红花的地方。
⑥花重：花沾上雨水而变得沉重。
⑦锦官城：成都的别称。

明·陆治《花卉图》扇面

锦官深处春耕忙

春回大地，又是忙碌的农耕时节。村民们不辍劳作，直至夜幕降临，人声方歇。不多时，山川皆陷入岑静。玄烛方微，浣花溪畔，矗立着一座简陋的草堂，怡然快慰的杜甫展开窗牖，斜斜倚栏，愉悦地吸吮着新鲜的空气。

夜风微凉，夜月迷蒙，沉醉的夜色斗折入户，映着诗人略显沧桑却笑意盈然的面庞。熬过了连年颠沛流离、居无定所的苦日子，杜甫终于得到好友相助，与妻子在蜀地定居。宝贵的安定时光对他而言，无疑是值得庆贺的意外之喜。尽管囿于生计，在这里的生活简朴而平凡，从躬耕田野到种菜卖药，凡事都要亲力亲为，但他在繁忙之中，仍觉得欣忭自足，情灵摇荡。

滴答、滴答——是何处来的声音？由远及近，听不真切，迟徐而朦胧地潜入双耳，沁入心脾。他睁开双眼瞭望，密云遮月，竟是下雨了！恰到好处的春雨，似乎是自天堂倾泻而下的琼浆，随着柔情

万种的煦风，细细密密地飘落在丰沃的土壤中。这春雨是多么贴心，无意于在白昼时分“邀功请赏”，大张旗鼓地宣告自己的到来，反而赶在人们酣然入睡的夜晚，不露圭角、默默无闻地降落人间。她悄悄地来，悄悄地走，甚至不带走一片云彩。

杜甫迈出草堂，沿着乡野的小径畅然徐行。乌云沉沉，目之所及皆被夜幕笼罩，唯有江上渔火点点，通明达旦，想必这场雨会持续到清晨。诗人望着被春雨爱抚的锦官城，不禁在头脑中遥想起明日图景：一朵朵饱沾雨露的锦簇春花，汇成一片沉甸甸、浓艳艳的汪洋花海，应当是争奇斗艳、一片生机了吧！

题目的“喜”字虽在诗中未尝露面，但“喜”意无不从罅缝里迸透出来。从春雨降临，到春花成海，从漫看夜色，到畅想天明，诗人的欢喜程度之深、绵延之久，可见一斑。

“喜雨”一词由来已久，始见于《春秋谷梁传》：“夏四月不雨者闵雨也，六月雨者喜雨也。”《尔雅》中亦有：“甘雨时降，万民以嘉，谓之醴泉。”后世诗词以“喜雨”为题者不在少数，喜应时而来的嘉澍，抑或喜久旱过后的甘霖，他们有人赞好雨润泽万物，亦有人借及时雨之寓意以抒仕途之愿。杜甫所作的《春夜喜雨》，便为喜雨诗的代表，纵使自身处境困窘，仍心怀天下、心忧百姓，企盼风调雨顺，国泰而民安。一年之计在于春，他喜春雨，不止是为自己的安生乐业而喜，更是为春耕顺遂、农事繁忙而喜。

◀ 溥儒《春江游骑》

春日

宋◎朱熹

胜日[①]寻芳[②]泗水[③]滨[④]，无边光景[⑤]一时新。

等闲识得[⑥]东风面，万紫千红总是春。

作者简介：

朱熹（1130—1200），字元晦，一字仲晦，号晦庵，晚称晦翁，谥文，徽州婺源（今江西省婺源市）人，世称朱文公。宋代著名理学家、思想家、哲学家、教育家、诗人，闽学派代表人物，儒学集大成者，世人尊称其为“朱子”。

注释：

①胜日：天气晴朗的好日子，也可看出人的好心情。

②寻芳：游春，踏青。

③泗水：河名，在山东省。

④滨：水边，河边。

⑤光景：风光风景。

⑥等闲：平常、轻易。“等闲识得”是容易识别的意思。

清·恽寿平《春山暖翠图》

治学之道如沐春风

对朱子及其所处年代稍有了解的人应当知道，时宋王室南渡，远在山东省的泗水早已为金人所统，朱熹根本没有机会游历泗水。是故，后世将这首诗理解为游春踏青之作，实在是大谬。那么，朱熹口中的“泗水”是哪里？他勾勒这一场幻想中的“寻芳”之旅，又有什么目的？

暂且先将它当作游春诗品一品。须晴日，惠风和畅，心旷神怡。晴明的暖阳照在潋滟流波上，万物逢春，俱是喜庆模样，精神抖擞的朱熹先生走在河畔，但见冰雪消融，焕然一新。眼前一派亮丽春光，扫尽隆冬的凄清萧索，令人畅快淋漓，大饱眼福。时和岁稔，羲和既驾，温蔼的东风走向千家万户，送来姹紫嫣红，围墙外、枝头上、芳丛间……任谁都能饱览这按捺不住的舒畅春意。

清·郎世宁《仙萼长春图》

若抛开创作背景不谈，这样品读的确是合情合理的。而朱熹的高明之处，正在于借由自然流露的景语，不露痕迹地阐发了自己的治学心得。事实上，“泗水”暗喻孔门，因为春秋时孔子曾在洙泗之间弦歌讲学，教授弟子；“寻芳”暗喻寻求圣人之道；“东风”暗喻教化；而“万紫千红”则暗喻孔学的丰富多彩，与自己的渐入佳境。串联起来，这首哲理诗的意思应当是：兴致盎然的诗人精读儒家经典，钻研圣贤之道，在参透了深刻的道理后，一时醍醐灌顶，好似望见了人生路途中无穷无尽的光明。圣人的谆谆教诲，就犹如春日里生机蓬勃的微风，等闲之间拂过心田，吹开了绚烂多彩的思想之花，更换了整个人间。看似简洁却生动贴切的比喻，蕴含着意气风发的气势，以至流传千古。在这首精悍短小的诗作里，那个高呼“存天理，灭人欲”，讲着大道理的无趣先生也倏然变得鲜活生动，他将自己对万丈春光的热爱，不遗余力地融入一字一句，阳光是“胜日”，“新景”是“无边”，连“东风面”都可“等闲识得”。通读全篇，对朱子之才的崇拜不由得又更进一层。

一千个读者眼中有一千个哈姆雷特。把它当作游春诗也好，说理诗也罢，只要你能从字里行间有所感、有所悟，那便算不枉费朱先生的儒者风骨与玄妙文思了。

秋词

唐◎刘禹锡

自古逢秋悲寂寥①，我言秋日胜春朝②。

晴空一鹤排云上③，便引诗情到碧霄④。

作者简介：

刘禹锡（772—842），字梦得，洛阳人，自称“家本荥上，籍占洛阳”，又自言“系出中山”。唐代文学家、哲学家，有“诗豪”之称。

注释：

①寂寥：空旷无声，萧条空寂，这里指景象凄凉。

②春朝（zhāo）：春初。朝，有早晨的意思，这里指的是刚开始。

③排云上：冲破云层，领空直上。排：推开，有冲破的意思。

④碧霄：青天。

宋・赵佶《瑞鹤图》

秋意正浓喜胜春朝

提到秋天，你会想到什么？或许是“昨夜西风凋碧树”，或许是“江枫渔火对愁眠”，也或许是“帘卷西风，人比黄花瘦”。可见，自古迁客骚人，多喜伤春悲秋，每每感知草木零落，雨洗秋浓，多愁善感的心湖里总要生出无限的落寞与怅然来。但“诗豪”刘禹锡偏生反骨，反其道而行之。

这首诗作于刘禹锡被贬朗州之际。这一天，逸兴遄飞的刘禹锡独上高楼，俯瞰山河。楼台之外，层林尽染，高空之上，云卷云舒。明媚却不刺眼的秋阳，暖洋洋地洒落在诗人的臂膀与胸膛。诗人笑眼微眯，乐在其中，似乎在沉吟着什么。他也曾是风华正茂的少年郎，曾有一腔热血，甘为江山社稷献计献策，奈何生不逢时，仕途坎坷，如今唯有屈居朗州，领着小小的刺史之职。不过，再转念一想，他对自己的怀才不遇确实不甚在意，许是因为一生追觅哲思，笃信禅宗的缘故，在宦海沉浮、艰

辛岁月面前，他总能安之若素，不改其乐，抱持一颗豪迈豁达之心，笑对飘萍人生。

苍劲的西风呼啸而来，一时方圆阒寂，凉意顿生。奄忽之间，但见一只孤傲而矫健的白鹤，冲破层层云雾，扶摇而上。说时迟，那时快，刘禹锡喜不自胜，为之魂灵抖擞，不过瞬息的光景，滚滚灵感已翻涌而起，一发不可收。一篇壮美辽阔、昂扬奋发的赞秋诗，就这样油然而生了。诗人奔放的热情、淋漓的欢惬，融入一派飒飒秋景，谱写出了鼓舞欢欣的励志高歌。拨云而去的哪里是仙鹤呀，分明是诗人倚马可待的诗兴。

诗中首句孤零零的一个“悲”字，与后面疏朗明快的秋色形成鲜明反差，在刘禹锡面前，自古文人眼中的悲怆虽值得同情，却难以苟同。他将冷冷清清的悲秋之情置于孤立无援的境地，后面铿锵有力的直抒胸臆，皆是对这一论调的反驳与摒弃。据说，晚年的刘梦得重归洛阳，任太子宾客，与友人交游赋诗，小日子过得着实闲适，可见纵有困苦千回百转，也难敌心头逍遥精神。《南史·谢譓传》有言：“入吾室者，但有清风；对吾饮者，惟当明月。”至于浮云苍狗、蜉蝣海粟，不过都是过眼云烟罢了！人人皆道“愁”是心上秋，然而秋天何辜？秋高气爽，天清云淡，不也同样是一年好时节吗？不如学一学刘梦得，不畏挫折，积极进取，想快乐便快乐，何必计较是春夏秋冬呢？——这才是应有的人生态度。

◀ 溥儒《揽衣秋意深》

元日看灯，端阳龙舟。

古代的中国有着许多传统的节庆风俗、

民俗场景，

节日令每个人的脸上都洋溢着喜悦之情。

贺节俗

元日①

宋◎王安石

爆竹声中一岁除②，春风送暖入屠苏③。

千门万户曈曈④日，总把新桃⑤换旧符。

作者简介：

王安石（1021—1086），字介甫，号半山，封荆国公，抚州临川（今江西省抚州市）人，北宋著名政治家、文学家、改革家，“唐宋八大家”之一。

注释：

①元日：农历正月初一，即春节。

②爆竹：古人烧竹子时竹子爆发出的响声，用来驱鬼辟邪，后来演变为鞭炮；除：逝去。

③屠苏：屠苏酒，饮屠苏酒是古代过年的习俗，以驱避瘟疫，求得长寿。

④曈曈：日出时光亮而温暖的样子。

⑤桃：桃符，春节古人用桃木板写上神荼、郁垒两位神灵的名字，悬挂在门旁，用来压邪。也作春联。

清·郎世宁《乾隆岁朝行乐图轴》

新年新政新气象

元日，亦即春节。提及春节，添新衣、收红包、走亲戚等，这些从童稚年代至今一直存在的传统习俗，便逐一浮现眼前。一年的汗水和积淀，来年的憧憬和愿望，全在这新一天里交汇、错杂、发酵。身处宋熙宁二年（1069年）的王安石，同样有着这样的感受。

初春的风漫过他熏红的双颊，抚过他微白的鬓角，他早已嗅到万物更新，蓬勃滋长的气息。孩童们放起了爆竹，迸发出噼啪作响的音律，仿佛也为这春的到来作昭告，更添几分热闹。家人团团圆圆，围坐一桌，就着窗外的爆竹声，干了那杯早已煮沸过的屠苏酒，王安石的眼里充满欢欣。

他忍不住了，忍不住往家门外走走，虽是寒冬，阳光却明媚而温暖，他眯起眼睛，享受暖阳的沐浴。就在不远处，家家户户的门前都聚满了人，街坊邻里亲热地交谈，但凡路过的，脸上都写满欢

清·姚文瀚《岁朝欢庆图》

欣的笑意。恍惚间回过头，家人早已张罗着撕下旧符，贴上新近誊写的桃符。就着一派新鲜的气象，王安石极目远眺，仿佛望见了多年以后的自己。

就在上一年，宋神宗继位，王安石终获赏识，意气风发的他，高瞻远瞩，“不畏浮云遮望眼，自缘身在最高层”，把大宋的复兴视为己任，大胆实施新政，希望拯救羸弱的皇朝于崩塌的边缘。他曾许诺，“纵被春风吹作雪，绝胜南陌碾成尘”，要将改革执行到底。此情此景，岂不是和春节辞旧迎新有不谋而合之处吗？想到这里，他大笔一挥，题下这首流传千古的《元日》。

全诗以节庆之喜、天伦之乐贯穿，王安石取材于民间习俗，敏感地摄取老百姓过春节时的典型素材，抓住有代表性的生活细节；点燃爆竹、饮屠苏酒，换新桃符，充分表现出年节的欢乐气氛，富有浓郁的生活气息。

与此同时，这首诗又反映着诗人的心声，在它的引申意义上，喜意更浓更烈。王安石期盼在任期间，正如同“春风送暖”那样充满生机，政绩勃发，又如“曈曈日”照着“千门万户”——这不是平常的太阳，而是新生活的开始，也是变法所带给百姓的一片光明。诗的末句，再次提及人们用新的桃符代替旧的，更是透露出他对新政的实施胸有成竹，深谙新事物必将取代旧事物的深刻哲理。

元宵

明◎唐寅

有灯无月不娱人，有月无灯不算春。

春到人间人似玉，灯烧月下月如银①。

满街珠翠游村女，沸地笙歌赛社神②。

不展芳尊③开口笑，如何消得此良辰。

作者简介：

唐寅（1470—1523），字伯虎，号六如居士、桃花庵主，吴县（今江苏省苏州市）人。他少有才气，是“明四家”之一，性格狂放不羁，作诗晓畅明快，有《六如居士集》传世。

注释：

①银：银子，银光。

②社神：土地神。古代每逢社日（分春社、秋社两种）有祭祀土地神，庆祝丰收的习俗。

③尊：古代盛酒器具。

齐白石《湖桥泛月图》

唐伯虎元宵点灯

在有些古人看来，“月下点灯”是多此一举，矫揉造作，反而毁了清明的月色，但是唯独有这么一个节日，灯不会显得多余，那便是元宵佳节了。元宵花灯，相传本与佛教有关。汉明帝为了弘扬佛法，下令正月十五夜在宫中和寺院“燃灯表佛”。此后这个习俗渐渐从宫中传至民间，到了中唐以后便发展为全民性的节日。

谈到元宵，古代诗人从不曾吝惜笔墨，唐代苏味道写下“火树银花合，星桥铁锁开”，卢照邻也说“接汉疑星落，依楼似月悬”， 张祜再接“千门开锁万灯明，正月中旬动帝京”，此中描摹，大多富丽堂皇，极尽都市繁华的气质。而唐寅恰恰反其道而行之，写乡村较为朴素的元宵节，其恬淡、随性的笔法为元宵抹上了一层别样的色彩。

正月十五，唐寅漫步于年味浓郁的乡间道路，

清·陈枚《月漫清游图》

远远便能望见村民点起的盏盏灯火，灯光与月光交相辉映，仿佛缠绵的恋人，这使他心生调侃之意，一句“有灯无月不娱人，有月无灯不算春”脱口而出。再细看那夜间出行的人们，一个个酒足饭饱，脸上无不洋溢着满足，而那灯火烧灼下的月光，似乎也比平时更明丽几分，灼灼地闪着光。

当他还惊艳于乡村元宵那份别致的美的时候，村女们细碎的笑声早已前来叨扰他的耳朵，她们携着不多的珠宝，前来嬉戏游玩；这边的余声未绝，那头的台上，人声已如沸水般漫上来，唐寅实在应接不暇，只得赶紧踱步上前。原来是村中小伙鼓紧腮帮，吹响了笙管；台上演员随意咿呀作势，刀光剑影蓄势待发。

生性不羁的唐寅，自然情难自禁，扯开一张嘴巴，露出一副白牙，也唱和着，混入起哄的人群，与他们一同放肆大笑。面对手边的酒浆，他怎能敌得过发作的酒瘾，于是提起酒壶便咕咚咕咚地喝将起来，一醉方休。

全诗之喜，恬淡自然，一灯一月，也写得分外简单，未有雕龙画凤之感，但仍然酣畅淋漓，情感直泻而下，就如同唐寅本人，随意而为，节日喜庆的气氛跃然纸上。文末的“展芳尊”“开口笑”直截了当，轻松活泼的情态表露无疑，仿佛只有开怀畅饮，开口大笑，才足够承载一家团团圆圆的喜聚情怀；尾句唐寅更是反问众人“如何消得此良辰”，就如酒醉后的失言，是责怪众人不够尽兴，虚度了这良辰与美景。

欢喜在唐寅眼里，似乎并无大多数人所想象的复杂，亦无关得失，只须在佳节再添一壶小酒，敞开心扉，置身其中，快乐也不过如此而已。

鹊桥仙·七夕

宋◎秦观

纤云弄巧，飞星①传恨，银汉迢迢暗度②。

金风玉露③一相逢，便胜却人间无数。

柔情似水，佳期如梦，忍顾④鹊桥归路。

两情若是久长时，又岂在朝朝暮暮⑤。

作者简介：

秦观（1049—1100），字少游，又字太虚，号淮海居士，别号邗沟居士，世称淮海先生，北宋高邮（今江苏）人。文辞为苏轼所赏识，为“苏门四学士”之一。词多写男女情爱，也颇有感伤身世之作，风格委婉含蓄，清丽雅淡，被尊为婉约派一代词宗。

注释：

①飞星：流星。一说指牵牛、织女二星。

②银汉：银河；迢迢：遥远的样子；暗度：悄悄渡过。

③金风玉露：秋风白露。出自李商隐《辛未七夕》：“由来碧落银河畔，可要金风玉露时。”

④忍顾：怎忍回视。

⑤朝朝暮暮：朝夕相聚。语出宋玉《高唐赋》。

清·陈枚《桐荫乞巧》

爱是一生守候

刚刚与恋人洒泪作别，又迎来三百六十五个日夜的等待。织女移座于闺窗之前，视线停留在迢迢万里以外的牵牛星，她多么期盼能够在天际发现爱人弥留下的些许痕迹，可惜事与愿违，漂泊的云偏偏不知好歹，飞奔的流星也传递着相思的愁怨。

窗前的每一个日夜都恍如一个春秋，思念每一秒都煎熬着她的内心，但她一直等着，等着，她未曾后悔，仿佛金蝉长年埋没在地底，只为活那一个短暂的季节。

她终于守得云开见月明，迎来又一年的七夕之日。带着“今日云骈渡鹊桥，应非脉脉与迢迢”的祝福，织女推开闺房的门，直奔鹊桥边，她脸上早已泪花涟涟。倏忽间，万千喜鹊从云间扑翅而来，它们以背作桥，拱成弯月。她望见，牛郎也站在对岸，与她遥相呼应，他的眼里没有泪花，却满载男子汉的一腔柔情。

她踮起脚尖，依凭着鹊桥一路小跑向前，此刻

清·任颐《七夕乞巧图》

的她仿佛走入了一场梦，而当她最终投入牛郎的怀抱，握住他强劲有力的双臂时，这个梦才倏然清醒。这并不是梦啊，一年一度，他们终究相逢。她将头贴近他伟岸的胸怀，嘴角露出久违的幸福的笑。这历经漫长煎熬所换来的真挚爱情，又怎是凡夫俗子的爱情可以比拟的。

但短短的一日，时光如水流逝，鹊桥渐渐散去，织女掩面哭泣，她岂忍看那消逝的鹊桥，岂忍看那渐远的爱人啊。尽管哀伤的分离不可避免，但此诗却未止于此，末句“两情若是久长时，又岂在朝朝暮暮”独出机杼，立意高远。同时代的情爱诗词大多哀婉低回，凄楚依人，情长气短。反观此句，非但不缱绻于世俗，也不缠绵于肉体，爱情之大、之远，早已超脱人间。

本句之神韵，一是末尾的“朝朝暮暮”，琅琅上口，使人读来舒心，喜庆愉悦之感跃然纸上，这漫长的等待，也有了值得的意义。而这朝与暮，又有俯瞰之感，疏朗之意，让人顷刻间有了参透世间情为何物的错觉。二在思想的深邃，连看上句“金风玉露一相逢，便胜却人间无数”此句笔锋一转，超越情爱单纯的苦乐，诠释了只有经得起考验，才值得彼此白头相守的至理。其境界之崇高，难能可贵。

牛郎织女之分离，俗人读来只有无尽哀愁和悲戚。但秦观却理出了分离后的重逢，守候的深情。此诗的喜，是深明大义之喜，是看破红尘之喜，也是身隔两地、心守白头的坚持。也是正因为有了这不计时日的真挚等待，才有了两人相逢的幸福与甜蜜。

风调雨顺，天下昌平。

生平至乐无非国泰民安，

山河犹在。

中原大地历经无数迭代兴亡，

终究是为了一个太平盛世。

庆太平

闻官军收河南河北

唐◎杜 甫

剑外忽传收蓟北①，初闻涕泪满衣裳。

却看妻子愁何在，漫卷②诗书喜欲狂。

白日放歌须纵酒，青春③作伴好还乡。

即从巴峡穿巫峡④，便下襄阳向洛阳⑤。

作者简介：

杜甫（712—770），字子美，自号少陵野老，河南巩县（今河南省郑州市巩义市）人。唐代伟大的现实主义诗人，后人称其为“诗圣”。其记录当时历史兴衰的诗被称为“诗史”。

注释：

①剑外：剑阁以南，即蜀地代称。蓟北：今河北北部地区，是安史叛军的根据地范阳一带。

②漫卷：胡乱地卷起。

③青春：明丽的春天景色。

④巫峡：巴县（今重庆市）一带江峡的总称。

⑤便：就的意思。襄阳：今属湖北。洛阳：今属河南，古代城池。

清·禹之鼎《牟司马相图》

杜甫生平第一快诗

一方残破草庐，年过半百的杜甫斜斜地倚着手杖，发出了一声唏嘘。五年了，他带着一家老小，吃野果，居草棚，这潦倒无依的日子，何时才到尽头呢?

“野果充糇粮，卑枝成屋椽。”

一缕阒寂的春风拂过，杜甫半眯双眼，陷入漫长的回忆。他知自己根本不是做官的材料，虽生于“奉儒守官”的渊博之家，从小拥有“致君尧舜上，再使风俗淳”的宏伟理想，可要么触怒肃宗皇帝，要么惹恼上层权贵，被疏远、冷落；眼下叛军四起，他无能为力，唯有饱尝生灵涂炭的战争之苦回到家中，更是布衾冷似铁，雨脚未断绝。

思乡、忧国，惊惧、挣扎，磨平了“一览众山小”的少年负气。他只想偃武息戈，重归故里，看看久违的太平江山。

“捷报——捷报——”远处无限春光倏然变得嘈杂，林外喜悦的奋呼，伴着腾腾的策马声，更近，更近了。他张开双目，缓缓起身，苍老的身骨倾向声音的来处，试图用迟拙的耳听清呼声。

"官军威武！蓟北已收！"不，没错，没听错！闻讯聚集的邻里，从起初不可置信的窃窃私语，到后来的相拥而泣，一时之间，人声鼎沸，远处甚至有人敲锣打鼓，张罗着要设宴三天。

彼时的诗人并不知道，他亲眼见证了这场持续八年之久，被后世称为"安史之乱"的叛乱的正式结束。他只顾蓦然回身，望向妻儿——即使衣衫褴褛，可连日不散的愁容早已无影无踪。将诗书胡乱卷起，兵荒马乱的悲惨时光暂时不再，梦寐以求的安宁生活近在眼前，妻儿在侧，春光朗照，谁能不为之手舞足蹈，狂欢长歌？

诗的末尾，杜甫还喜滋滋地添了句自注："余田园在东京（洛阳）。"洋洋洒洒，字里行间充斥着烂漫的炫耀："我要回洛阳种田哩！"那个平素横眉冷对、咄咄逼人的小老头不见了，他一时嚎啕啼哭，一时眉开眼笑，把铺盖卷收拾得乱糟糟，偶尔停下动作，陷入对未来的畅想。怪道此诗被赞为杜甫"生平第一快诗"，文思如万斛泉涌，只应天上有！

全诗以"喜"贯之，一气注下，气势如虹，非常人可及。黄周星在《唐诗快》评曰："写出意外惊喜之况，有如长比放流，骏马注坡，直是一往奔腾，不可收拾。"个人命运与家国情怀交叠其间，相辅相成，增添了意旨的层次性。首联写"喜讯"，捷报入耳，涕泪满襟；颔联写"喜聚"，妻与子同喜，如痴如狂；颈联写"喜日"，日色撩人、春光明媚，当纵酒，当高歌；尾联写"喜归"，弹指之间，身在梓州，心系归程。

◀ 清·袁耀《巫峡秋涛图》

太平乐词二首

唐◎白居易

岁丰仍节俭，时泰更销①兵。

圣念②长如此，何忧不太平？

湛露③浮尧酒，薰风④起舜舞。

愿同尧舜⑤意，所乐在人和。

作者简介：

白居易（772—846），字乐天，晚年号香山居士，祖籍山西太原，唐代伟大的现实主义诗人。有“诗魔”和“诗王”之称。

注释：

①销：减少，撤销。

②圣：古代帝王；念：心思，想法。

③湛露：喻君主之恩泽。陈子昂《为建安王献食表》：“策勋饮至，频承湛露之恩。”

④薰风：和暖的风。

⑤尧舜：尧舜是古史传说中的两位圣明君主，远古部落联盟的首领。

唐·杨訾　杨瑾　李重润墓壁画《男侍从图》

白居易以诗为谏

白居易之所以少年老成，是因其心志屡受磨砺。先是安史之乱，藩兵割据，宦官当权；后又战乱离家，父亲去世，家道中落，青年时代延绵的波折使他深感民间疾苦，心系百姓。

提笔写下此诗时，白居易已贵为翰林学士，执掌要差。此时的唐朝暂别了战乱，统治者重新执政，与民休养生息，开始了一个相对安定的时期。意气风发的他曾扬言“十年之间，三登科第，名落众耳，迹升清贵”，一泄以往的积郁。但朝廷的高官厚禄、勾心斗角，并未因此使他忘怀青年时代的颠沛流离以及曾经许下的治国安邦的政治宏愿。

出乎意料的是，诗成了白居易实现政治抱负的重要途径。在各种诗体中，白居易最擅长的就是讽

清·金廷标《瞎子说唱图》

喻诗，《秦中吟》十首和《新乐府》五十首就是其中最好的代表。他的诗往往具有强烈的现实性与批判性，细诉民间疾苦，匡扶国家政事，因此常常作为进谏所用。

细看他的讽喻诗，大多气势尖锐，语调愤然，他曾以“幼者形不蔽，老者体无温。悲喘与寒气，并入鼻中辛”控诉两税法对农民造成的重压；也曾书写《卖炭翁》，讲述卖炭翁含辛茹苦，伐薪烧炭，打算换几个碎钱，在凛冽寒冬里添衣加被，却万万没料到炭被抢走，一块不留。其诗句浅显易懂，可轻易理解诗中进谏的意味，但《太平乐词二首》感情基调和其他的讽喻诗截然不同，以正面题材书写，渲染着昂扬向上的气氛。

在皇帝面前，白居易未有半分顾虑，他直言：“即使在丰收时节，也应当远离淫奢。国家安定，就应该削减兵员，避免战乱。”而他先硬后软，耐心劝谏：“圣上呀，如果你总是这样的贤德，国家又怎么会不太平呢？”继而又借尧舜二位圣明君主作范，与君同饮，徐徐起舞，继尧舜之遗志，盼天下之大治，万民之同乐。皇帝听罢他的一席肺腑箴言，内心不禁大为震撼，豁然开朗。

略略一看，诗中并无狂喜之句，但若以“谏诗”的角度观之，白居易对当时国家政治风气的满怀信心，对自身仕途飞黄腾达的坚定理想，对黎民百姓安居乐业、生活和睦的美好憧憬，都在他与当今圣上的谏言之中体现得淋漓尽致。他不止步于安史之乱以后短暂的太平，以及自身的丰足，而是要开创如尧舜之治一般的太平盛世，万民同乐，唯有如此，白居易才能实现心中最后的大喜；也唯有如此，他所苦心记录的民间的血与泪才没有白费。

和贾至舍人早朝大明宫之作

唐◎王　维

绛帻鸡人①报晓筹，尚衣②方进翠云裘。

九天阊阖③开宫殿，万国衣冠拜冕旒④。

日色才临仙掌⑤动，香烟欲傍衮龙浮。

朝罢须裁五色诏，佩声归到凤池头。

作者简介：

王维（701，一说699—761），字摩诘，河东蒲州（今山西省运城市永济市）人，祖籍山西祁县，唐代诗人，有“诗佛”之称。

注释：

①绛帻：用红布包头似鸡冠状；鸡人：古代宫中，于天将亮时，有头戴红巾的卫士，于朱雀门外高声喊叫，好似鸡鸣。以警百官，故名鸡人。

②尚衣：官名。隋唐有尚衣局，掌管皇帝的衣服。

③阊阖：天门，此处指皇宫正门。

④冕旒：古代帝王、诸侯及卿大夫的礼冠。这里指皇帝。

⑤仙掌：掌为掌扇之掌，也即障扇，宫中的一种仪仗。

元·任仁发《张果见明皇图》

喜贺君王复位

凡是经历过安史之乱的唐朝诗人，心头难免遗下创伤的疤痕。昔日歌舞升平、百官朝圣的宫殿，就在一朝一夕间变得死水般沉寂。琉璃瓦上伫立的鸟雀不再欢鸣，偌大的宫室里空空如也，连朝堂也显得慵懒，铺满尘埃。两三天前威武庄严的圣帝，顷刻间变成一个狼狈的、被迫出走的凡人。

身担要职的诗人王维，同样经历过这一切，他坐在破落的书房当中，思考着不知何日战乱方能结束，也不知大唐会否轰然倒下。

而就在这时，门外传来捷报，顿时锣鼓喧天，当他恍然间明白过来时，早已喜泪纵横。他冲出门外，奔走在各式庙堂和宫中走道之间，疯也似的寻找在空中回荡良久的喜报声。时下正是唐至德二载（757年）九月，广平王李俶率朔方、安西、回纥、南蛮、大食之兵，浩浩荡荡二十万人收复长安，平定了安禄山父子之乱。十月肃宗还京，入居大明宫。次年二月，又大赦天下，改元乾元。此时李唐政权转危为安。昔日盛唐气象，大有复兴的迹象。

写下此诗的时候，正值唐乾元元年（758年）之春，王维心情大好，与同僚贾至、杜甫、岑参

唐·章怀太子李贤墓墓道东壁礼宾图

一同上朝，重见当日大明宫的富丽堂皇，心中不禁感慨万千。贾至大笔一挥，先写下一首《早朝大明宫呈两省僚友》，其后，杜甫、王维、岑参纷纷作和诗回应。所谓“和诗”，本是古代诗人相互间应答酬谢所作的诗词。在这里，众人皆因家国复兴，欢庆太平，热烈唱和起来。

王维的这首诗利用细节描写和场景渲染，写出了大明宫早朝时庄严华贵的气氛，别具艺术特色。先写“鸡人”报晓，紧接着一个“方”字写“尚衣”官员，可见宫中秩序有条不紊，官员各遵职守。颔联两句正面写早朝，层叠的宫门如九重天，万国的使节拜倒于天下，区区几笔便将大唐盛世勾勒出来。而颈联又从细处着笔，写仙掌的“动”，写香烟的“傍”，颇见情态，极尽雍容华度。虽然写的是大明宫的环境，但作者内心对天下安定的欣慰，对家国复苏的自豪与欣喜，溢于言表。

而末句王维笔下的臣子们也不忘己任，罢朝之后便起草诏书，不辞劳苦，为重焕生机的大唐鞠躬尽瘁。这种喜，又把国家之死生、个人之成败载于一舟之上，岂不是比凡夫心中的窃喜要高贵得多？不忘本职，是文武百官的楷模和典范。富丽堂皇的大明宫前，大唐人心中那团熊熊的火焰永远燃烧着。

多黍多稌，实维丰年。

春种一粒粟，

秋收万颗子。

丰收的喜悦洋溢在秋天里，

是一畦春韭绿，十里稻花香。

颂年丰

后元丰[1]行

宋◎王安石

歌元丰，十日五日一雨风。
麦行千里不见土，连山没云[2]皆种黍。
水秧绵绵复多稌[3]，龙骨长干挂梁梠。
鲥鱼出网蔽洲渚，荻笋肥甘胜牛乳。
百钱可得酒斗许，虽非社日长闻鼓。
吴儿[4]踏歌女起舞，但道快乐无所苦。
老翁堑水西南流，杨柳中间杙小舟。
乘兴敧眠过白下[5]，逢人欢笑得无愁。

作者简介：

王安石（1021—1086），字介甫，号半山，封荆国公，抚州临川（今江西省抚州市）人，北宋著名政治家、文学家、改革家，“唐宋八大家”之一。

注释：

①元丰：宋神宗赵顼（1078—1085）的年号。
②没云：没入云端。
③稌：糯稻。
④吴儿：苏南一带属古吴国，故称那里的青年男女为吴儿吴女。
⑤敧眠：斜躺着；白下：白下城，南朝齐、梁时曾为南方琅邪郡治所，故址在今南京市。

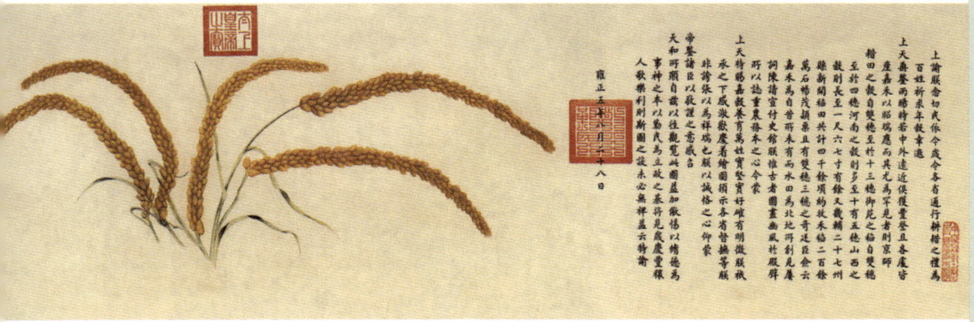

清·郎世宁《瑞谷图》

新政诉丰年

王安石蓦地醒过来，一方暖阳投在他的皮肤上，微张的双眸还略有些干涩，但眼前的一景一物已然清晰可见。门外连绵千里的麦子覆盖了原野，仿佛涌动的浪波，一直蔓延至天穹的尽头。另一边的水田里，秧苗的长势不甘落后，一样绵绵密密，在这风调雨顺的日子里，水车根本派不上用场，在一旁闲置。

他按捺不住欣喜之情，匆匆起身，只踩两只破布鞋便赶出门去。“放——”“收——”“起网咯——”的音调入耳，仿佛天然的民歌，伴随着声响，硕大的渔网从水面拢起，鲥鱼争相跃出水面。“送你，送你！”渔民硬是塞给他鲜美的渔获，笑得合不拢嘴。苍翠挺拔的芦笋恰好也到了收获的季节，又香又甜，堪比牛乳。

王安石手捧意外的赠礼，不知如何是好，不经意间一行欢喜的热泪从他的眼角迸出。多年以来，他兢兢业业，寝食难安，难道不就是为了百姓的安乐和幸福吗？就在今年，他刚刚年逾花甲，无情的岁月在他身上留下了不可磨灭的痕迹。但他不曾后悔，因为就在十二年前，亦即宋熙宁二年（1069年），他第一次手执改革大权，羸弱的大宋终于在他的努力下渐露起色。他不曾奢望，能在有生之前亲眼目睹大宋的复

兴；他也不曾打算以一人之力阻挡沧桑历史的大潮。眼下百姓富足的生活，已经是对他最大的回报。

全诗洋溢着轻松喜庆的基调。诗的上半部分，主写丰饶的庄稼，极尽丰收的喜悦；后八句则歌颂元丰时期人民的幸福生活，虽非每句都尽与现实所符，但王安石夸张的笔法，却分外增添了意蕴。“百钱”即可换斗酒，“非社日”也常闻鼓声，诗人抓住生活中的细节，道出了生活的写意与悠闲。后句又分写青年人的踏歌起舞，老年人的自在泛舟，画

清·汪承霈《群仙集祝图》

面是喜滋滋、乐陶陶的，细诉着殷实生活的喜悦。

留意全文的字句，不难发现不仅诗人所见极喜，连同诗人的内心也同样欢喜，是得志之喜，是喜国之喜。他斜斜委身于车中，甚至觉得途经的每个人都红光满面，喜笑颜开。他明白，漫漫十二载以来所做过的努力终究没有白费。新法与尧舜之气、致治安民之道相符，大宋鼎盛繁华的未来图卷便铺展在他心中，这个颇显老迈的父母官，依然得意，微风拂过，一绺苍发随之荡开。

西江月·夜行黄沙道[1]中

宋◎辛弃疾

明月别枝惊鹊，清风半夜鸣蝉。

稻花香里说丰年，听取蛙声一片。

七八个星天外，两三点雨山前。

旧时茅店[2]社林边，路转溪桥忽见[3]。

作者简介：

辛弃疾（1140—1207），原字坦夫，后改字幼安，号稼轩，山东济南府历城县（今山东省济南市）人。南宋豪放派词人，将领，有“词中之龙”之称。与苏轼合称“苏辛”，与李清照并称“济南二安”。

注释：

①黄沙道：南宋时一条直通上饶古城的比较繁华的官道，东到上饶，西通江西省铅山县。

②茅店：茅草盖的乡村客店；社林：土地庙附近的树林，古时，村有社树，为祀神处，故曰“社林”。

③忽见：忽然出现。见，同“现”，显现，出现。

齐白石《荷蛙图》

稻花飘香兆丰年

怀揣一腔报国热血的辛弃疾终遂心愿，官升安抚使，可喜可贺，而正当他准备大展拳脚，实施抱负，力主抗战恢复的时候，却遭到同僚的嫉恨和统治阶层的打压，惨被罢免，只好回到上饶隐退赋闲。他偶然想起这一切，仿佛是一场梦，不禁一声唏嘘。而当年英伟磊落、果断干练的自己渐行渐远；国家委曲求全，备受屈辱，也不再是自己能左右的了，他只能暂且放下。

早已习惯戎装加身、快马加鞭，也习惯了荒凉大漠和血流成河的辛弃疾，万万没想到上饶的田园会成为他的第二个家，也未曾想过这里的生活竟别有一番滋味。过往为功勋战绩的劳碌奔波，似乎都无法与乡下田间寻到的片刻安宁与恬静相比。他被这里的生活深深吸引，一住便是漫长的十五个年头，他卸下厚重的盔甲，当了一回隐士。

一天饭后，辛弃疾步行经过上饶的黄沙道岭，明月朗照，伴着绵长的蝉鸣，和着徐来的清风，忽而夹杂惊鹊从旁扑腾而过，虽然只是乡村常见之物，但他却很快沉浸在这夜的一静一动之间。他从

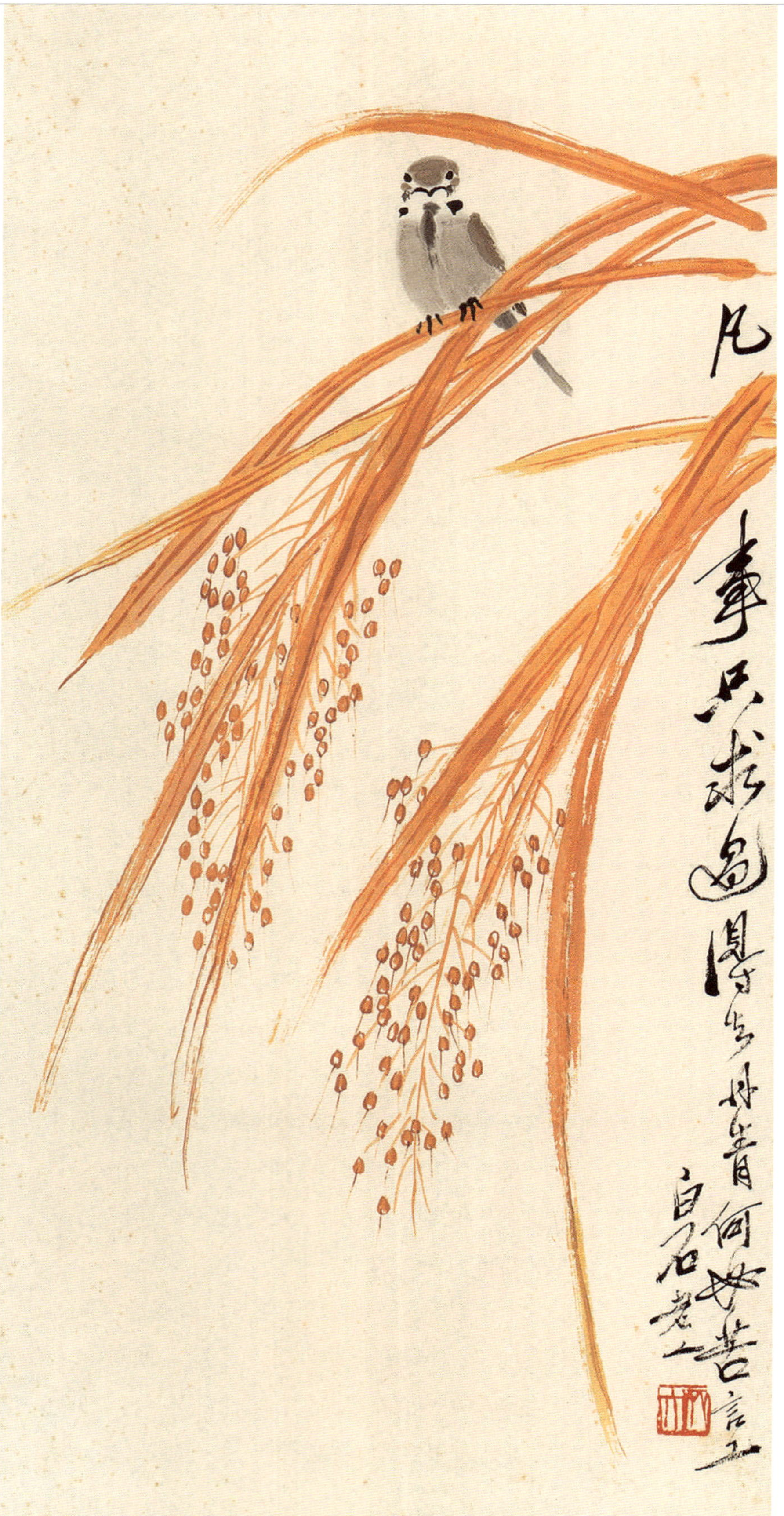

岭上往下走，越向下，那声音便越清晰。他拨开厚实的稻穗才发现，是还未归家的农者，在细诉丰收即将到来的美好年景，这远远近近的，似乎还弥漫着沁人的稻香。

原本在月下该有的愁情和远思，在田间全都一扫而空。他不再为“赢得生前身后名”而忧心忡忡，也没有闲暇思索“廉颇老矣，尚能饭否”的哲学，他的英雄泪也不再淌下。他亲眼目睹了乡间丰收、稻麦累累的情景，黎民百姓殷实的生活，平息战乱，反抗侵略，最终不就是为了这片刻的幸福吗？想到这里，一种从未有过的欣喜跃上辛弃疾的心头。

全诗单从表面上看，内容不过是极其平凡的景物，语言没有任何雕饰，层次安排也完全是听任自然。然而，正是在看似平淡之中，却有着诗人潜心的构思。以“蛙声”说“丰年”，转角邂逅茅店这些画面，无一不流露诗人对丰收之年的喜悦和农村生活的热爱。

上阕刚刚写完恬淡的近景，下阕的开头便顷刻间拉远，“七八个星”“两三点雨”与乡间朴野的情趣不谋而合，从这本来遥远而不可捉摸的星辰与雨滴，辛弃疾忽然又笔锋一转，发现已置身于社庙旁的茅店门前，这时候，视角又再次拉近，趣味盎然。既衬托出他骤然间看出了临近旧屋的欢欣，又显示出他由于沉浸在稻花香中以至忘了道途远近的入迷程度。

辛弃疾虽官场失意，屡遭贬谪，流落至此，郁郁难得志，但正是这一方纯朴的土地、一处破旧的草庐、一片丰硕的稻田，收留了落魄的他，使他在仕途之外体味到生活的别样欢乐。

◀ 齐白石《稻雀图》

游山西村

宋◎陆游

莫笑农家腊酒①浑，丰年留客足鸡豚②。

山重水复③疑无路，柳暗花明又一村。

箫鼓追随春社④近，衣冠简朴古风存。

从今若许⑤闲乘月，拄杖无时⑥夜扣门。

作者简介：

陆游（1125—1210），字务观，号放翁，越州山阴（今浙江省绍兴市）人，南宋文学家、史学家、爱国诗人。其诗兼具李白的雄奇奔放与杜甫的沉郁悲凉，尤以饱含爱国热情对后世影响深远。

注释：

①腊酒：腊月里酿造的酒。

②足鸡豚：意思是准备了丰盛的菜肴；足：足够，丰盛。

③山重水复：一座座山、一道道水重重叠叠。

④春社：古代把立春后第五个戊日作为春社日，拜祭土地神和五谷神，祈求丰收。

⑤若许：如果这样。

⑥无时：没有一定的时间，即随时。

宋·李唐《采薇图》

丰年，重见希望的曙光

人生的失意和绝望，莫过于好不容易攀上半山，眼看峰顶只差毫厘，顷刻间又从高处坠落。和辛弃疾生于同一年代的陆游，也免不了被罢官的命运。初初归家的他，同样过得煎熬，度日如年，是不是报效祖国的梦，就此终结呢？他偶尔不胜酒力，陷入悲绝，只是望着镜中颓然的身影，哀叹连连。

“心在天山，身老沧州。”

而此时安抚他的，让他渐渐平复的，也正是乡下宁静的生活。热情的邻居亲朋、清新的山水、农作物的丰获，都仿佛黎明里的曙光，滋润着他受伤的心。乡下人朴素，言语不多，却甚是直截了当。到了丰收的季节，盛一碗浑浊的腊酒，杀鸡宰猪，再备一桌好菜，只为招呼三五朋友。

他们并不和陆游商议政事，他们不懂，只吹箫击鼓，结队往来，等那社日一到，便心满意足地沿袭旧俗，感激土地公丰收的赏赐。他们的衣着虽一律简朴，却并不介意，反倒透着浓浓的古韵。这一幕幕，陆游看在眼里，相比之下，他为官的不快、藏纳心中的郁结仿佛不值一提。他开始试着放下过去的伤痛，

融入这悠然的生活，重拾奋斗的信心。

“山重水复疑无路，柳暗花明又一村”是本诗最为精彩的句子，也是流传至今的千古名句。“柳暗花明”的成语也是自此句而出。山径迷离，花草扑朔，而迷茫之际，几家农舍又忽然显现，豁然开朗。此情此景，写过的诗人不少，但只有“陆游这一联才把它写得‘题无剩义’”（钱锺书语）。文笔之妙，实质上源于陆游心境之变，落魄的他已然转悲为喜，“又一村”显示他对前途重怀希望，也道出了世间事物消长变化的哲理，使人感同身受，更觉亲切，词句间透露出宋代诗词的理趣。

全诗不仅描摹了一幅南宋初年的农乡风俗图景，还从丰收的视角入手，毫不吝啬地展现了年丰之际农人喜庆、丰足的生活。陆游热爱家乡，与农民亲密无间的形象跃然纸上。这是此诗的一喜。在山水和纯朴乡情的抚慰下，陆游的心终得平静，他参透被罢官的挫折，豁然开朗，深感欣慰。这种历经沧桑之后的心境升华与领悟，又何尝不是一次成长，何尝不是一种难得的欢喜呢?

◀ 明·董其昌《临黄鹤山樵仿董源秋山行旅图》

春风得意，系马登楼。

十载寒窗苦，一朝天下闻，

“人生四喜”之中，

金榜题名无疑是最难得的，

令人喜不自胜。

遂功名

大风歌①

汉◎刘邦

大风起兮②云飞扬。

威③加④海内兮归故乡。

安得猛士兮守四方！

作者简介：

刘邦（前256或前247年—前195），字季，沛郡丰邑（今江苏丰县）人。汉朝开国皇帝，谥号高皇帝，庙号太祖，中国历史上杰出的政治家、战略家和军事指挥家。

注释：

①大风歌：这是汉高祖刘邦在击破英布军以后，回长安途径故乡（沛县）时，邀集父老乡亲饮酒。酒酣，刘邦击筑（一种打击乐器）高歌，唱了这首《大风歌》，表达了他维护天下统一的豪情壮志。

②兮：语气词，相当于现代汉语中的语气助词“啊”。

③威：威望，权威。

④加：施加。

元·赵雍《骑马过江图》

凯旋的歌声

多年之后，面对壁垒前旌旗飘飘的英布大军，年老多病的汉高祖刘邦回想起了广武涧那个少年英雄——项籍。这是他人生中最后一次亲率大军出征，这次他又来到了楚地，和自己曾经的将领英布所率领的楚军对垒。“何苦而反？”高祖对自己曾经的爱将喊话道，语气里透露出遗憾和无奈。“欲为帝耳！”英布的声音格外倔强。

话音未落，两军随即开战。这位随高祖出生入死、久经战场的硬汉对这场战事本有着十足把握，而刘邦此时已年逾花甲（离他去世还有不到一年的时间），身边的猛将韩信和彭越等也已经被自己铲除，英布所在的楚地又是兵强马壮，士气高涨。但老骥伏枥的刘邦最终还是艰难地铲除了英布，军心因此大振。

班师回长安的途中，凯旋大军经过刘邦的故乡沛县。为了庆祝平定叛乱的胜利，和父老乡亲分享

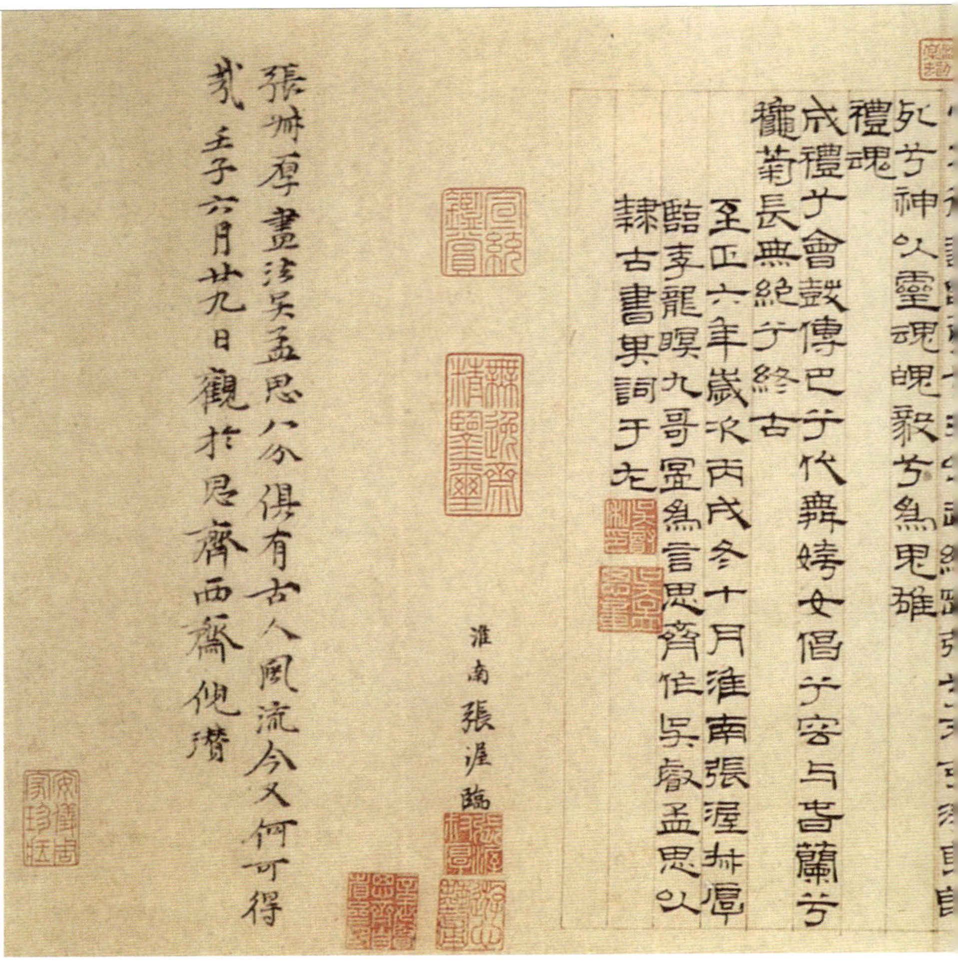

自己的喜悦，刘邦将自己的众亲友都召集到沛宫，设宴饮酒，又叫来小孩一百二十名，亲自教他们唱歌。高祖自己则敲击着筑台，作歌一首：“大风劲吹啊浮云飞扬，我统一了天下啊衣锦还乡，怎样才能得到勇士啊为国家镇守四方！”宴会气氛热烈，推杯换盏，兴奋的刘邦大赦百姓，决定世世代代免除沛县乡亲们的徭役。

秦末汉初在诗歌方面仍多模仿《诗经》《楚辞》，这首《大风歌》亦是如此。“大风起兮云飞扬”通过对周围自然环境的描写来烘托战场的气氛，这何尝不是这位晚年发迹、奠定汉朝基业的伟人一生的写照？只比秦始皇小三岁的他可以说是亲眼见证了秦王扫六合、统一中原的伟业，也曾在看到秦始皇其人时直呼：“大丈夫当如是也！”

元·张渥《国殇》

然而始皇帝一朝去世，群龙无首，天下又陷入混乱的局面，崛起于这乱世中的刘邦四十八岁起兵，五十五岁称帝，只用不到十年时间就达到了同时代的人一生都无法企及的高度，他人生最后的这十几年可不都是在大风猎猎、云彩飞扬中度过的吗？“威加海内兮归故乡”尽显高祖的威仪和气度，这从他六十岁高龄还亲率大军平定叛乱就可以看得出来。随后的一句“安得猛士兮守四方”则表达出他的担忧和复杂的心情。韩信、彭越和英布都是随自己出生入死的股肱之臣，如今自己却要一个个亲手将他们除掉。他已经不是那个大碗喝酒、谈笑风生的沛公了，一朝黄袍加身，对威胁权力和王朝的任何人都不能留情面。但杀死的毕竟都是身经百战的将领，这样的将才实在难遇，高祖也不得不嗟叹：到哪里才能找到能保卫国土的勇猛之士，镇守疆域？

登科[1]后

唐◎孟郊

昔日龌龊[2]不足夸[3]，今朝放荡[4]思无涯[5]。

春风得意马蹄疾，一日看尽长安花。

作者简介：

孟郊（751—814），字东野，洛阳人，祖籍平昌（今山东临邑县），唐代著名诗人。现存诗歌五百多首，以短篇的五言古诗居多，代表作有《游子吟》。有“诗囚”之称，与贾岛齐名，人称“郊寒岛瘦”。

注释：

①登科：唐朝实行科举考试制度，考中进士称“登科”或“及第”，明清时期，“及第”发展为殿试前三名的专指词汇。

②龌龊：原意是肮脏，这里指不如意的处境。

③不足夸：不值得提起。

④放荡：自由自在，不受约束。

⑤思无涯：兴致高涨。

唐·章怀太子李贤墓墓道西壁马球图

金榜题名日，春风得意时

唐贞元十二年（796年），孟郊再度启程赴京科考，一路上他心情忐忑，感慨良多。蓦然回首，这已是他第三次赴考，前两次均以落第告终，从官之路荆棘重重，而这一次也同样前途未卜，举目眺望，只能见茫茫的月色，多了两分忧愁。临行之前，母亲还寄予厚望，百般嘱托，如果他再次落榜，也不知如何在母亲面前抬头。而这一年的孟郊，不知不觉间已经年至四十六，颓然的白发渐长，皱纹也悄然爬上眼角，但仍然碌碌无为，眼看着丢失了青壮年的蓬勃朝气，一辈子的时光就这样默默流逝，更是百感交集。“昔日龌龊”纷纷涌上心头，无数个曾经点灯苦读的凉夜、无数次节衣缩食的忍耐、无数次遭人冷眼，也不知会不会到头来全是白费功夫。

在这种既肩负压力，而又胸怀向往的矛盾心情下，孟郊开启了他的赴考之旅。要知道，当年的科考之难，并非常人能够想象。科举每三年才举办一次，倘若一次落第，就白白浪费三年光阴；再者科举还需经历乡试、会试、殿试等环节，过程艰苦，

必须每次考试都名列前茅，才能有当官的机会；并且浩然九州和四海之内，最终获得进士资格的考生只有寥寥数十，使科考难上加难。

放榜当日，孟郊挤在熙攘的人群中，当他最终目睹自己榜上有名，顷刻间扬眉吐气，过去的千百磨难终究获得回报。他自由自在，遂写下“今朝放荡思无涯”直抒心中的狂喜，这是艰苦拼搏终获回报，遂毕生心愿之喜。诗的后两句更是脍炙人心——按照唐制，发榜正值春天，这时候的长安，正春风轻拂、春花盛开。城东南的曲江、杏园一带春意更浓，孟郊和新进士在这里宴集，他骑着高头大马，在宽阔的城道和烂漫的花海间奔驰而过。这里的喜，意味更浓，层次更深，“春风得意”“走马观花”这两个成语正是由本诗所出，这两个艺术形象展示了当年昂扬的政治风气，也寄喻了孟郊并不止步于金榜题名，而有更高更远、为国效力的人生政治理想的追求。

话说至此，中进士的喜悦，现代人大概未能切身体会，现在学历高低也未能断定人的一生，但终得回报、前途一片光明的喜悦，我们大概能够想象。我们不妨想想孟郊所在的年代，倘若错过一次升官的机会，可能就会成为一辈子的遗憾，改变了一生的道路。一面是箪食壶浆，家徒四壁；一面是安居乐业，众人敬仰，谁不期望出人头地？谁不期待大展拳脚？如此一来，孟郊登科确实是件大快之事。

◀ 清·焦秉贞《五子登科图》

雁塔题诗（句）

唐◎白居易

慈恩塔①下题名处，十七人中最少年。

作者简介：

白居易（772—846），字乐天，晚年号香山居士，祖籍山西太原，唐代伟大的现实主义诗人。有“诗魔”和“诗王”之称。

注释：

①慈恩塔：即大雁塔，唐代学子考中进士后到慈恩塔下题名，谓之“雁塔题名”，后沿袭成习。

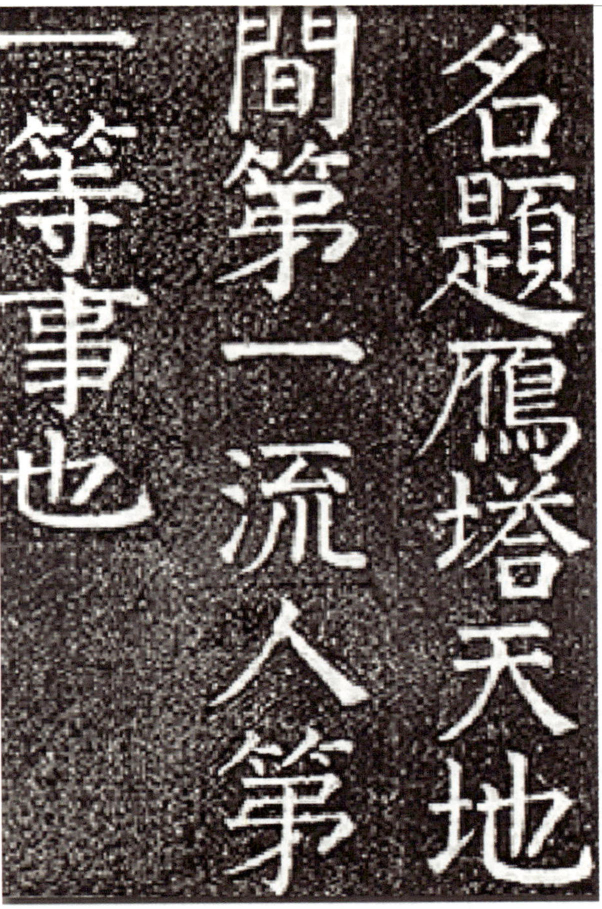

明·西安大雁塔题名碑文

鲜衣怒马少年时

二月的长安街头，空气里还透着阵阵寒意，除了柳树枝头上零星的几片绿芽，全无一丝春天的痕迹，但全城上下却涌动着一派喜庆的气氛，皆因每年二月是科举放榜的日子，各地才俊都会齐聚都城，一起迎接激动人心的放榜时刻。放榜当日自然是有人欢喜有人忧，落第者捶胸顿足，叹气摇头，盘算着下一年重头再来；而幸运儿们则是喜笑颜开，手舞足蹈，即日之内便在曲江池旁参加宴会。唐贞元十六年（800年），二十九岁的白居易就是这群人中龙凤的一员。

在“学而优则仕”的古代，进士及第就意味着光耀门楣，不失封侯拜相之机，所以长安城内各界名流、高官显贵也将在此时携儿带女齐聚曲江池，一来

西安大雁塔夜景

让儿孙以进士为榜样，希望将来也能科举得中；二来希望能在此中为女儿选位如意郎君。故而曲江宴饮热闹非凡，颇有大唐之风。那一年的及第者中最受瞩目的当属白居易了，要知道那个时代进士录取率极低，唐代289年的历史中，共录取进士6427人，平均每年仅为二十余人，正所谓“三十老明经，五十少进士”。能在二十九岁就高中进士，白居易在当时可说是全民偶像般的存在了。

游完曲江，一行人又来到了大雁塔，这是另一项重要的活动，即雁塔题名。擅长书法者将进士们各自的姓名、籍贯和及第时间，用墨笔题写在大雁塔的墙壁上。他们之中若有人日后做到了卿相，还要再将姓名改为朱笔书写。就是在这里，年轻的白居易留下了那一句流传千古的“慈恩塔下题名处，十七人中最少年”，直抒心中的狂喜。不知道同行的人会不会嗔怪白居易的张狂，但在后人看来，写下这一句诗的他委实可爱，词句间仿佛能看到一个意气风发、神采飞扬的年轻人精神抖擞地挥毫写下这一行诗。

白居易出生于官宦家庭，祖父先后做过县尉、县令等，治县有方，为官清廉，声誉颇佳；父亲参军，曾任徐州别驾等职。受家庭环境的影响，白居易从小就立志参加科考获取功名，他很清楚，这次考试及第与否至关重要，因为它关系着家人的嘱托与前辈的期望，这次成功中举，心里的石头总算落地。为了让家人分享自己及第的喜悦，他中断了在长安的庆祝活动，返回家乡。

在和同年好友分别之际，白居易又写下名诗《及第后归觐留别同年》——“十年常苦学，一上谬成名。擢第未为贵，贺亲方始荣。时辈六七人，送我出帝城。轩车动行色，丝管举离声。得意减别恨，半酣轻远程。翩翩马蹄疾，春日归乡情。”

南山之寿，松柏之茂。

无灾无病，

颐养天年，

这是对晚年最美好的期许，

也是传统的中国人给长辈过寿的祝福。

寿生辰

点绛唇·祝寿筵开

宋◎姜夔

祝寿筵开，画堂①深映花如绣。

瑞烟喷兽，帘幕香风透。

一点台星②，化作人间秀。

韶音奏，两行红袖③。

齐劝长生酒。

作者简介：

姜夔（约1155—约1221），字尧章，号白石道人，饶州鄱阳（今江西省鄱阳县）人。南宋文学家、音乐家。其词格律严密，作品素以空灵含蓄著称。

注释：

①画堂：原指古代宫中有彩绘的殿堂，后泛指华丽的堂舍。

②台星：指三台星，中国民间信仰之一，主北斗之权，掌清贵之宿，专主文章做官、吉庆之事。

③红袖：指古代女子襦裙长袖，后来就成了女子的代名词。

齐白石《延年益寿图》

良朋佳宴，厚寄长生

“过生日”应该算是一个舶来概念了，中国人在魏晋之前是不会特意记住自己的出生时间的，就更不必说庆祝它了。魏晋时期，佛教在中国兴起，而佛教中的很多重要节日都是各个佛陀菩萨的诞辰，像是四月初八佛诞节是释迦牟尼诞辰的日子，此外还有正月初二弥勒圣诞和二月十九观世音菩萨圣诞等。这些佛教的节日对中国人产生了深远的影响，大家对自己的生日愈发重视，也开始用各种仪式和宴会庆祝自己和家里人的生日，到了唐宋时期过生日的习俗基本已经深入人心。

姜夔的这首词描绘的就是一次生日宴会的场景，具体是谁的生日宴会，又有哪些其他的宾客，这些都已无从考证，但是我们还是能通过姜夔的词，一窥数百年前的古人都是怎么过生日的。宴会是在一个富丽别致的厅堂里举行的，主人为了招待前来庆生的亲朋也是下了一番功夫的，用各式花株装点这个精巧美丽的屋子，远远望去这些花就像是刺绣上颜色鲜艳的图案一般。“瑞烟喷兽，帘幕香风透”给人以嗅觉上的刺激，也从侧面显示出主人家非一般寻常的老百姓。要知道焚香是一件雅事，

明·仇英《竹林品古》

且香料，尤其是一些上等香料，也不是一般人能负担得起的，能让整个屋子透着熏香的气味，肯定要用到不少香料，故此我们可以推测宴会主人必定非富即贵。

下一句应属于词人的祝福语了，“台星”指的是三台星，也就是现在的大熊星的爪子部分，古人认为三台星“共增禄寿，令无祸殃”，是非常吉利的星象，词人借用当晚的这个星象，表达自己对宴会主人的祝福。紧接着的一句“韶音奏，两行红袖”，寥寥数字就描写出了宴会上歌舞相和的热闹场面。生日宴光干坐着吃菜喝酒，似乎太冷清了些，古人自有他们的消遣娱乐方式，记得《红楼梦》里描写的大大小小不下十场生日宴会，每一场都少不了的便是助兴的戏班和女先，他们的出场往往会让宴会的气氛直抵高潮。词里写到的属于歌舞表演，红衫的舞女和着美妙的乐曲轻歌曼舞，长长的轻纱罗袖随着舞女的舞蹈飞扬。伴着美妙的乐声，在座的众人纷纷举起酒杯，为主人送上自己的祝福。

生日不但是对过去一年辛劳和蜕变的完满总结，也寄寓了对美好未来的构想和憧憬。在一年之中专属于自己的日子里和亲朋好友齐聚一堂，饮酒作乐，享受着大家的祝福，实为人生之大喜庆。

减字木兰花·黄坚叟母夫人

宋◎张孝祥

慈闱[1]生日，见说今年年九十。

戏彩盈门，大底孩儿七个孙。

人间喜事，只这一般难得似。

愿我双亲，都似君家太淑人[2]。

作者简介：

张孝祥（1132—1170），字安国，别号于湖居士，历阳乌江（今安徽省和县乌江镇）人，南宋著名词人、书法家。善诗文，尤工词，风格宏伟豪放，为“豪放派”代表作家。

注释：

①慈闱：旧时母亲的代称。

②太淑人：明、清凡尚书以上官至执政者，其母、妻封为淑人。“应命妇因子孙官爵封母、祖母者，加‘太’字，父亡母加‘太’字者，殁及进封并合除去。”

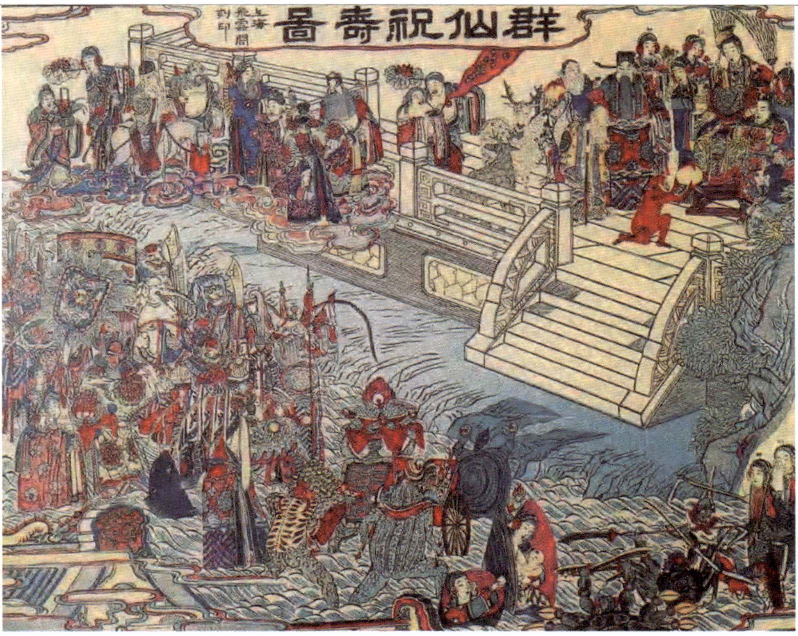

清·年画《群仙祝寿图》

家和万事兴

孝顺老人是中国自古以来的一个传统，《论语》中就有“入则孝，出则悌”的教诲，而一个家庭中最年长的老人也必定会受到一家人甚至邻里四舍的尊重和孝顺。《红楼梦》第四十三回中，贾母为给王熙凤“凑份子”过生日，叫来了全府上下的女眷，人到齐后赶忙给从前的仆人老奶奶们递小杌子，年轻的主子奶奶只能站着，因为贾府风俗“年高服侍过父母的家人比年轻的主子还有体面”。

除了日常的关照，最能体现儿女孝心的场合无疑就是老人的寿辰，年岁高的老人的寿辰一般都是一件大喜事，主人家会邀请附近十里八村的亲朋好友齐聚一堂，给老人家祝寿，同时展示自己对老人的孝心。在那个没有朋友圈的年代，这就是最朴素的“晒幸福”了吧。这首《减字木兰花》正是词人出席一位朋友母亲的寿宴后所作。

读罢这首词，能感受到词人字里行间满满的歆羡，以及对友人阖家美满的祝福。从词句中我们可以描摹出其友人的大体家庭概况：家里的主心骨——老

太太今年已经九十岁了，不要说在那个平均寿命五十岁左右的年代，就算放到现代也算得上高寿了；家里人丁兴旺，老太太育有几个孩子没有交代，但却有七个孙子，加之古代又实行大家族制度，可以想象平时这一大家子七个孩子有多热闹；“太淑人”这个称谓也不是一般人可以叫的，只有儿子官至尚书以上的老太太才能被称呼为“太淑人”。换句话说，老太太的其中一个儿子，甚至多个儿子，一定在仕途上有所作为，官至尚书以上。

总结下来就是：母慈子孝、儿孙满堂、官运亨通。这一大家子就占尽了别的家庭一生都难以达到的荣光了，难怪词人都忍不住感叹“人间喜事，只这一般难得似”，希望自己的双亲也能这般长寿。

母慈子孝、儿孙满堂、官运亨通，看似不搭调的三种人生追求，内里其实是相通的。老太太这般长寿，平日里必定常常和孙子逗乐说笑，笑口常开，人一开朗，吃得香，睡得好，能不高寿吗？再加上子女的孝顺，一大家子肯定天天享受着天伦之乐。兄弟姐妹之间能做到和睦相处，想来家教也一定不错，家里和谐了，家里的顶梁柱自然能安心在官场上有一番自己的作为，仕途一帆风顺，家里自然也就富贵安康了。家和万事兴，从古到今皆是这个道理。

◀ 清·任薰《麻姑献寿图》

渔家傲·和门人祝寿

宋◎苏辙

七十馀年真一梦。

朝来寿斝[1]儿孙奉。

忧患已空无复痛。

心不动。此间自有千钧重。

早岁文章供世用。

中年禅味疑天纵。

石塔成时无一缝[2]。

谁与共。人间天上随他送。

作者简介：

苏辙（1039—1112），字子由，眉州眉山（今四川省眉山市）人，北宋散文家。与其父苏洵、兄苏轼合称“三苏”，均在“唐宋八大家”之列。

注释：

①斝：古代青铜制的酒器，圆口，三足。

②石塔成时无一缝：苏轼曾作《别石塔》一文。

五代·周文矩《宫中图》（局部）

古稀之年心不惑

此词是苏辙在他生日当天所作，看着眼前捧着祝寿酒的儿孙和唱着贺寿歌的学生，已过古稀之年的苏辙不禁生出一丝感慨，遂作词一首，抒发自己心中所感。“七十馀年真一梦”，一转眼自己就已经是一个白发苍苍的老头了，这七十多年间发生的事情也好似梦幻一般，昔年在眉山与哥哥一起读书写字的时光又浮现在眼前，如今距苏轼去世已经将近十年。“忧患已空无复痛”，大半辈子的贬谪生活也终于告一段落，如今可以和家人齐聚共享天伦了。“心不动。此间自有千钧重”，大半辈子的心事记在心中有千钧重，但内心却已经如此平静，再难起波澜。

说起苏辙的这种沉静安适的性格，其实睿智的苏父早就看得一清二楚。“大苏”性不忍事，每遇不平事，立刻“如蝇在口，吐之而快”，无意中得罪不少人，苏父就为他取名为“轼”，“轼乎，吾惧汝之外饰也”，故再取字“子瞻”，希望他做事能瞻前顾后，三思而后行。对于沉静内敛的“小苏”，苏父则

五代·顾闳中《韩熙载夜宴图》（局部）

取名为“辙”，“辙者，善处乎祸福之间也”，再取字“子由”，希望他能行止由心，自由洒脱，大可不必担心福祸。老父亲对孩子们的美好祝愿都体现在这两个名字里了，但两个儿子却并未如父亲所愿。快人快语的苏轼因为直言反对新法而被卷入政治斗争，一生被“流放”各处，而谨慎处事的苏辙因着他的性格沉静得以在官场上存留下来。

“早岁文章供世用，中年禅味疑天纵”，他早年写的文章为政为民，中年时在世事沉浮中逐渐悟出了一些道理，落笔生禅。“石塔成时无一缝。谁与共。人间天上随他送。”这里的“石塔”出自苏轼的一篇充满禅机的文章《别石塔》。该文写的是居士（苏轼）与石塔的一段对话，居士说自己从没见过一座石塔，石塔反问他：难道连砖塔也没见过？居士表示砖塔有缝隙，石塔回答：“没有缝隙怎么能包容世上像蝼蚁一样的小生命呢？”世间完美的事物只是一种愿望，而不完美却是真实存在的。石塔看似完美，实则有缺憾；砖塔看似不完美，却是一种完美。晚年的自己有了看透一切的智慧，一切便都变成享受，因此很潇洒，很随缘，“人间天上随他送”。

这首词可以说是苏辙一生的感悟，在之后的一两年，七十三岁的苏辙也去世了，但相信他离世的时候一定没什么遗憾了。

出自幽谷，迁于乔木。

喜到门前，清风明月；

福临宅地，积玉堆金。

友人新居落成之时，

常要作诗贺人迁居之喜。

喜乔迁

沁园春·带湖新居将成

宋◎辛弃疾

三径[1]初成，鹤怨猿惊，稼轩未来。甚云山自许，平生意气；衣冠人[2]笑，抵死[3]尘埃。意倦须还，身闲贵早，岂为莼羹鲈脍[4]哉。秋江上，看惊弦雁避，骇浪船回。

东冈[5]更葺茅斋。好都把轩窗临水开。要小舟行钓，先应种柳；疏篱护竹，莫碍观梅。秋菊堪餐，春兰可佩，留待先生手自栽。沉吟久，怕君恩未许，此意徘徊。

作者简介：

辛弃疾（1140—1207），原字坦夫，后改字幼安，号稼轩，山东济南府历城县（今山东省济南市）人。南宋豪放派词人，将领，有“词中之龙”之称。与苏轼合称“苏辛”，与李清照并称“济南二安”。

注释：

①三径：指归隐者的居所。

②衣冠人：上层或高贵的人物。

③抵死：终究，毕竟。

④莼羹鲈脍：美味。

⑤东冈：东边的小岑。

吴湖帆《溪山清逸图》

乔迁新居喜难平

四十二岁的辛弃疾，在江西路安抚使任上，满心筹划着辞官归隐。他坐落在带湖的新居即将建成。虽然即将过上自己期望已久的闲云野鹤般的日子，但不知为何，自己内心却仿佛始终蒙着一层薄薄的阴翳，高兴之余，又有些难以名状的失落，横亘在内心深处。

遥想渡江以来，自己力主抗金，收复中原，但朝廷无此意，导致在官场屡屡失意。自己从小便被长辈教导要终生怀有抗金之志，这么多年来，自己从二十一岁时起就发动后方劳苦群众，对抗以完颜亮为首的南下金军。后来，一手集结的起义军解散，他费尽艰辛才逃回南宋的疆土，从此开始了仕途生涯。宋绍兴三十二年（1162年），宋孝宗即位，本以为自己抗金复国的热血抱负可以得到施展，没想到南宋朝廷上下都早已对北伐失去信心，只想偏安一隅，苟且度日。自己日夜筹谋，提出了一系列的北伐建议、军政措施，在朝廷中却无人响应，后来才来到江西任地方官。

想想南下也快有二十年了，在此期间，不论地域的好坏、职务的升降，自己都以满腔的爱国热忱为驱

明·石涛《山川出云》

逐金人而日夜操劳，但也深深地察觉到朝廷的苟安腐败、病入膏肓。如今自己年岁愈长，内心控制不住地起了一些归隐的念头。正好对江西的地理山川比较熟悉，因而选中了上饶的带湖一带，修建了新居，作为将来退隐之处，取名为“稼轩”，并自号“稼轩居士”，以示去官务农之志。这一年新居已基本建成，就写了这首词。

本词上片主要写思归之意。首句开门见山，“三径初成”，指诗人新居即将落成，日后有安身之处。此外，西汉蒋诩隐居时门前开有三条小路，于是“三径”便成了隐居的代称。下句“鹤怨猿惊，稼轩未来”，诗人以带湖的仙鹤老猿的口吻嗔怪其主人的迟来，侧面表达了诗人归隐之心切。“甚云山自许”四句观照自身、反省自身，既然自己以“云自许”为平生志趣，又为何长久地徘徊于官场，为他人笑呢？从某种角度来讲，这也是诗人官场失意后所发的一种自嘲。但诗人矢志于抗金复国的“平生意气”又谁人不知？“意倦须还，身闲贵早，岂为莼羹鲈脍哉？”诗人认为身在丑恶官场又不能匡正乱象，只得远离这些纷纷扰扰之事；另外，自己并非像西晋张翰那样，因想起了家乡的佳肴美味而弃官还乡，没必要“抵死尘埃”。由此引出了后面“秋江上”三句，表明了自己离政归田的真正原因是避祸，就像鸿雁听到了弦响而逃，航船遇到了恶浪而避开一样。他已无力应对统治集团对他的诽谤和打击，甚至是新一轮的迫害。

下片主要写诗人对未来生活的美好规划。东冈上盖起那茅屋书斋，最好是把门窗临湖开。而“行钓”同“种柳”联系起来，表明词人向往的是“小舟撑出柳阴来”的画境。菊、兰二句，都引自爱国诗人屈原《离骚》中的典故，诗人明讲花草，暗言心志，古人志行高洁，自己亦当仿效。下句“沉吟久，怕君恩未许，此意徘徊”，这三句笔锋顿转，好像与前面有矛盾之处，但细想，恰是当时诗人复杂心理的真实流露。诗人一方面一生志在抗金复国，理想尚未实现不舍离政；另一方面，自己在朝廷处处遭受非议、陷害，平生志向无处伸展。全词整体洋溢着对辞官后美好生活的向往和喜悦之情，但实际仍流露出作者在“隐”与“不隐”之间的踌躇心理。

秋日题窦员外崇德里新居

唐◎刘禹锡

长爱街西风景闲，到君居处暂开颜。

清光门外一渠水，秋色墙头数点山。

疏种碧松通月朗，多栽红药待春还。

莫言堆案①无余地，认得诗人在此间。

作者简介：

刘禹锡（772—842），字梦得，洛阳人，自称“家本荥上，籍占洛阳”，又自言“系出中山”。唐代文学家、哲学家，有“诗豪”之称。

注释：

①堆案：堆积案头，谓文书很多。

袁松年《客路归舟图》

暂抛俗务享清欢

秋日的一天，刘禹锡受朋友窦员外之邀，参观了他在京城长安的新居。一直以来，诗人都很喜爱街西闲适的风景，来到窦员外的新居，在官场积聚的不愉快顿时一扫而光，喜笑颜开。清光门外，一渠溪水缭绕着院子，从墙头望出去，可以看到远山的点点秋色。院子里种植着几棵松树，晚上可以欣赏“明月松间照”的美景，院子里还栽种了很多芍药，等到春天就可以欣赏芍药花开满园的美丽景色。参观完毕，刘禹锡写下这首诗作为赠礼。

首联“长爱街西风景闲，到君居处暂开颜”写诗人谪居多年，心情苦闷，受朋友窦员外邀请，来到他的崇德里新居，看到街西美丽的风景，禁不住喜笑颜开。“开颜”二字奠定了全诗的感情基调。颔联“清光门外一渠水，秋色墙头数点山”实写院外之景。颔联和颈联，从写景的艺术来看，两联选取“一渠水”“数点山”“碧松”“红药”等景物进行铺陈描摹。颔联写院外的远景，然后移步换景，由院外写到院内；颈联写院内的近景。这样由远及近，由外而内，富有层次。这两联前三句是实景，第四句是虚景。尾联“莫言堆案无馀地，认得

诗人在此间”，这一联写诗人和窦员外“在此间”相识，成为志趣相投的好朋友，表达了闲适愉悦的心情。

全诗宛若一首旋律层次丰富的歌曲，从开头的些许压抑和不快，到中间恬静美景的过渡，再到最后与员外相见，又淡淡流露出作者心境的转变，显现出积极乐观的心态。很多时候，快乐疏朗的心情可能并不因为某些大快人心之事，一个新的环境、一处美景、一丝微妙的变化，都可能使心花含苞，继而悄然绽放。

刘禹锡的诗大多自然流畅、简练爽利，同时具有一种空旷开阔的时间感和空间感。在长久的谪居生活中，刘禹锡吟出了许多孤臣绝唱，但他始终是乐观的，兼有诗人的真挚和哲人的睿智。“我本山东人，平生多感慨”是他，“不因感衰节，安能激壮心”也是他。奔腾流走的生命活力，弃旧图新的乐观精神，在静谧空灵的山光水色中，在闲时访友的轻松心态下，一个更鲜活的刘禹锡呈现在了读者面前。

◀ 明·戴进《春游晚归图》

西墅新居

唐◎齐己

渐渐见苔青，疏疏遍地生。

闲穿藤屐①起，乱踏石阶行。

野鸟啼幽树，名僧笑此情。

残阳竹阴里，老圃②打门声。

作者简介：

齐己（约864—约937），出家前俗名胡德生，晚年自号衡岳沙门，潭州益阳（今湖南省）人，唐末五代著名诗僧。齐己的一生经历了唐代和五代中的三个朝代。

注释：

①藤屐：藤做的鞋。

②老圃：旧园子。

明·石涛《自题小品之“主人门不出，领略一庭秋”》

青苔履痕留禅意

齐己出生于潭州益阳的一个佃户家庭，家境贫寒。六岁多就和其他佃户家庭的孩子一起为寺庙放牛，一边放牛一边学习、作诗，常常用竹枝在牛背上写诗，而且诗句语出天然，同庆寺的和尚们为寺庙声誉，便劝说齐己出家为僧。

他最终拜荆南仰山禅师慧寂为师，慧寂是当时的名僧，与沩山灵祐同为沩仰宗之祖。齐己出家后，更加热爱写诗。成年后，齐己开始了四海游学的历程，在云游期间，他曾自号“衡岳沙门”，先后登岳阳，望洞庭，又过长安，遍览终南山、华山等风景胜地，足迹遍布祖国的高山绿水。他的不少名作佳作是在外游历时写的。

齐己云游天下的时候，有一次在下了一夜大雪的早上，发现有几枝梅花已经开了，觉得开得很早，为了突出一个“早”字，便写了一首《早梅》诗，其

明·石涛《自题小品之“先生何处去，路险莫轻过”》

中有两句是："前村深雪里，昨夜数枝开。"他对这两句诗很满意，便高兴地拿着这首诗去请教诗友郑谷。郑谷看了几遍后评点说："数枝梅花开已经相当繁盛了，不足以说明'早'，不如把'数枝'改为'一枝'更贴切。"齐己听了，认为改得很好，欣然接受，并向郑谷拜谢，后人便称郑谷为齐己的"一字之师"。齐己游历四海回到长沙时，已名满天下。五代后梁龙德元年（921年），齐己在去四川途中路过荆州，被荆州节帅高季兴挽留，安置在龙兴寺，并任命为僧正。齐己在荆州，虽然月俸丰厚，但是他并不喜好钱财，于是写了《渚宫莫问篇》十五章，以表明他的高洁志向。齐己在荆州期间写了许多诗，后圆寂于江陵。

这首诗是诗人描写郊外惬意生活的诗歌，诗人以清丽的语言、含蓄的笔触，刻画了一幅清幽、淡雅的山野生活画面，并以此寄托自己的精神志趣。其状物清润素雅，抒情含蓄隽永。首句引入眼帘的是遍地生长的青苔，侧面突出了诗人居所的清幽以及人迹罕至。第二句，"闲"字是点题之笔，不仅指诗人没什么俗务缠身，还强调诗人心情的闲适惬意。闲来无事，诗人穿起藤鞋出门去，"乱"与"闲"字相呼应，仍是表现诗人闲适的心情，随意地在山间弯弯曲曲的石阶上踏步而行。第三句"野鸟啼幽树，名僧笑此情"，不知名的鸟儿在幽深的树林间啼叫，连名僧都要笑这种情趣了，此句流溢出作者对此种生活的喜悦和挚爱。最后一句写薄暮中所见景物，黄昏时分，夕阳依依，淡薄的日光和竹林的阴影相互映照，老旧的园圃似乎传来了阵阵打门声。此句以动衬静——幽静空旷的山野间传来打门的声音，更突显其静。整首诗宛如一幅山家黄昏图，光与影、动与静、鸟与人，搭配得恰到好处。全诗于怡静恬淡的山景中表达出作者对山野新居的喜爱之情。

琴瑟在御，莫不静好。

古之嫁娶，人生大事。

得遇佳人，成其良缘，

举案齐眉，自是平生之喜。

易求无价宝，难得一心人。

祈良缘

桃夭

佚名

桃之夭夭①，灼灼其华②。

之子于归③，宜④其室家。

桃之夭夭，有蕡⑤其实。

之子于归，宜其家室。

桃之夭夭，其叶蓁蓁⑥。

之子于归，宜其家人。

出处简介：

本诗出自《诗经·国风·周南》。《诗经》是中国古代诗歌的开端，也是最早的一部诗歌总集，原称《诗》，收集了西周初年至春秋中叶（前11世纪至前6世纪）的诗歌，共305篇。

注释：

①夭夭：花朵怒放，美丽而繁华的样子。

②灼灼：花朵色彩鲜艳如火，明亮鲜艳的样子。华：同“花”。

③之子：这位姑娘。于归：姑娘出嫁。

④宜：和顺、亲善。

⑤蕡（fén）：草木结实很多的样子。此处指桃实肥厚、肥大的样子。有蕡即蕡蕡。

⑥蓁（zhēn）：草木繁密的样子，这里形容桃叶茂盛。

清·任颐《人物图》

桃开三月，之子于归

早春三月，万物萌发，一切都生机勃勃。少女一早打开窗扉，深吸了一口屋外微凉的空气。她回过头看向床上的红色嫁衣，脸上露出一丝红晕。今天过后她就要成为自己心爱之人的妻子了，一想到这，她就抑制不住内心的喜悦，继而又涌上一阵紧张，但马上又被幸福的感觉冲淡。屋外院中的桃花此刻开得正艳，仿佛是在祝福这位将为人妻的美丽少女。

“桃之夭夭，灼灼其华。”从诗的开头两句，就可以窥见新娘子的风采：身披红色嫁衣，面敷胭脂水粉，新婚的喜悦让她容光焕发。“夭夭”指的是桃花含笑的风姿，“灼灼”则描摹出其明丽照人的光华，将鲜艳的桃花比作明艳的少女，真佩服诗人怎么想得出如此巧妙的比喻，任谁读过这一句诗，都会在脑海中浮现出一位如桃花般绚烂美丽的少女。

清代姚际恒评论此诗说：“桃花色最艳，故以取喻女子，开千古词赋咏美人之祖。”后世的诗人也多以此为据，将美人比作桃花，其中最为人熟知的恐怕当属崔护《题都城南庄》的“去年今日此门中，人面桃花相映红。人面不知何处去，桃花依旧笑春风”。

明·仇英《宋人画杨贵妃上马图》

《桃夭》二、三句借桃树枝头的累累硕果和桃树枝叶的茂密成荫，表达人们对新娘的美好祝愿，期望新娘早生贵子，夫家兴旺发达。从桃花、果实，再到叶子，全诗以桃为喻，富有层次感，短短四句，读来满溢喜气。

拥有艳若桃花的姿容，自然叫人喜欢，但作为新娘，人们对她还抱有更多的期冀和祝福。“之子于归，宜其室家。”古代将女子出嫁称为“归”，暗指夫家才是她的归宿。一个女子光有美丽的容颜是不够的，还要宜室、宜家、宜人，要有使家庭和睦的品德，这才完满。这样美与善皆备的新娘，怎么能不讨夫家人喜欢呢?

纵观《诗经》三百多首诗歌，关于爱情、婚姻和家庭的内容不在少数，这与成诗的时代密不可分。春秋战国时期社会动荡，战事频仍，统治者当然希望把人民的生育意愿最大程度地调动起来，毕竟人丁兴旺也是一国实力的体现。但是，我们也大可不必把这些歌颂美好爱情和美满婚姻的诗歌想得太冷冰冰。思念恋人，将这份思念吟颂成歌，这在当代不也是很平常的事情吗?

一切准备就绪，良辰吉时，在亲人朋友们的见证和祝福声中，新娘完成了她人生中第一个重大的仪式，她从一个少女变成了一位少妇。她飞红了两颊，一脸娇羞，目光躲闪，却又忍不住兴奋地顾盼，在夭夭桃实、灼灼花枝的衬托下，人若桃花，两相辉映。父母看着即将为人妇的女儿，叮咛道：“你要和丈夫和和美美，愿你和夫家幸福满满，愿你的族人安康快乐。”

美好的女子呀，在你最好的岁月里，如同桃花一般盛开着、喜悦着、憧憬着，嫁给自己的良人，父母再多不舍，也只能寄托在这短短的祝福语中。从古至今，莫不如此。

南歌子[1]

宋◎欧阳修

凤髻金泥带[2]，龙纹玉掌梳[3]。

走来窗下笑相扶，爱道画眉深浅入时无[4]？

弄笔偎人久，描花试手初。

等闲[5]妨了绣功夫，笑问鸳鸯两字怎生书[6]？

作者简介：

欧阳修（1007—1072），字永叔，号醉翁，晚号六一居士，吉州庐陵永丰（今江西省吉安市永丰县）人，北宋政治家、文学家，“唐宋八大家”之一。

注释：

①南歌子：唐教坊曲名，后用为词牌名。

②凤髻：状如凤凰的发型。金泥带：金色的彩带。

③龙纹玉掌梳：图案作龙形如掌大小的玉梳。

④画眉深浅入时无：语出唐朱庆馀《近试上张水部》：“妆罢低声问夫婿，画眉深浅入时无？”入时无：赶得上时兴式样吗？时髦吗？

⑤等闲：轻易，随便。

⑥怎生：怎样。书：写。

唐·周昉《簪花仕女图》

眼前人是心上人

提起欧阳修，脑海中不自觉会浮现出一个微醺的老人，嘴里咕哝着"醉翁之意不在酒，在乎山水之间也"，向别人笑着打趣自己"平生所作文章，多在'三上'，乃马上、枕上、厕上也"，乐观豁达真性情，却想不到文忠公这样的一代文章宗师也能写出这样的闺阁闲情。这也给这位颇有些距离感的北宋文坛领袖添上了一层人间色彩，在欧阳修那个阶层的人看来，词乃"诗余"，可以写娱乐、狎昵、风花雪月，最私密、最不可告人的情思都能诉诸一首首词，平时写多了正经严肃的诗文，将自己的遐思闲情通过词表达出来，也不失为一种缓解压力的法子。

词作语言直白易懂，用白描和口语的表现技巧，让一个娇憨可爱、俏皮活泼的新妇形象跃然纸上，读罢让人忍俊不禁。女为悦己者容，女子的一天始于梳妆镜前。她对镜梳妆，将各式美丽华贵的珠钗——金色的泥带和带有蛟龙纹饰的玉掌梳——精心装饰在状如凤凰的发髻之间。一番打扮之后，当然要将自己的美好容颜给自己的心上人看，于是来到丈夫面前，扑到怀里问道："你看我画的眉毛颜色深浅合不合时宜？"女子的活泼可爱在这一满含爱意的问句中显露无遗。

雙鬟簪蓮鬆下象牀薰籠撥火自燒香欲梳寶髻新興樣特倩宮娥助曉裝
綠雲搦搦等身長膩滑輕勻比鑑光若使妝成窺一面不須紈扇待君王
昨日教坊新進入並房宮女与梳頭
玉壺外史改琦

清·改琦《宫娥梳髻图》

这一句“爱道画眉深浅入时无”出自唐代诗人朱庆馀的《近试上张水部》“妆罢低声问夫婿，画眉深浅入时无”。印象中好像一提起美人，古人必会谈及她们的眉毛。不管是《离骚》中的“众女嫉余之蛾眉兮，谣诼谓余以善淫”，还是张祜《集灵台》中“却嫌脂粉污颜色，淡扫蛾眉朝至尊”，蛾眉一直是美人的“标配”。而说到夫妻情深，张敞画眉更是一个绕不开的典故。相传汉代京兆尹张敞和妻子情深，妻子化妆时他会为妻子把笔画眉，这在如今看来也是一个饱含爱意、无比浪漫的举动。词作摹写的这一情境正是借用这个典故，点出新婚的夫妇如胶似漆，恩爱有加。

词的下阕进一步描写夫妻两人的生活情趣，妻子只顾和夫君亲热笑闹，相互依偎太久，以至于耽误了针线活，只好停下绣针，拿起彩笔，问丈夫“鸳鸯”二字怎样写。这第二个问句同样让一个娇憨活泼、与夫君形影不离的新嫁娘“活”了起来。“偎人久”三个字体现出夫妻二人的意笃情深，而“鸳鸯”二字更是反映出新娘愿与情郎比翼连枝、相伴一生的愿望。琴瑟和鸣，鸳鸯双飞，眼前人即是心上人，这就是嫁给爱情的女子应有的样子吧。

新嫁娘词（其三）

唐◎王 建

三日[①]入厨下，洗手作羹[②]汤。

未谙姑食性[③]，先遣小姑[④]尝。

作者简介：

王建（约767—约830），字仲初，颍川（今河南省许昌市）人，唐代诗人。曾从军，约四十六岁时入仕，曾任昭应县丞、太常寺丞等职。后出为陕州司马，世称“王司马”。与张籍齐名，二人的作品并称为“张王乐府”。

注释：

①三日：古代风俗，新媳妇婚后三日须下厨房做饭菜。

②羹：泛指做成浓的菜肴。

③“未谙”句：意思是还不熟悉婆婆的口味。谙：熟悉。姑食性：婆婆的口味。

④遣：让。小姑：一作“小娘”，丈夫的妹妹，也称“小姑子”。

唐·张萱《捣练图》（局部）

贤淑新娘变厨娘

这是一首不太像诗歌，或者说“诗味”不那么浓的诗，更像是一出极短小的迷你剧，在读的过程中脑子里会不由自主地出现一系列的场景和人物。我想这应该算得上是一出“唐代婆媳剧”了吧，不禁一笑。

故事的主人公是一个新嫁娘，这个年轻姑娘刚嫁到夫家三天，家里还洋溢着新婚的喜悦气氛。依照古代“过三朝”的婚俗（一方面表示新媳妇从今往后要谨事公婆，另一方面也是新家庭对她料理家务能力的一次测验），她须开始下厨为夫家打理饭食了，相信她自己也想早些融入这个家庭，真正成为这个家的一个成员，所以三天之后马上开始“洗手作羹汤”，打算用自己的精湛厨艺先打动家里人

蓮花冠子道人衣日侍君王宴
紫微花柳不知人已去年、鬭綠
與爭緋
蜀後主每於宮中裹小巾命宮妓
衣道衣冠蓮花冠日尋花柳以
侍酣宴蜀之謠已溢耳矣而主之
不挹注之竟至濫觴俾後想搖
頭之令不無扼腕唐寅

的胃。这里郑重其事地将洗手这件平常事写出来，体现出新妇对这件事情的谨慎和重视，从一开始就容不得一丝马虎。做出了一道汤羹，但贸贸然地端上去可不行，“未谙姑食性”，第一次在夫家下厨的她哪里知道家里人，尤其是婆婆的口味是咸还是淡呢？

古时常言新媳妇难当，在于夫婿之上还有公婆，夫婿称心还不行，还得婆婆看得顺眼，第一印象非常重要。于是她叫来小姑，先行品尝，这就很巧妙了。小姑与自己年龄相仿，甚至更小，想来应该也很好相处，又经常出入厨房，最重要的是她一定知道婆婆的口味偏好，选择小姑作为了解夫家人口味的途径，可以说是最合适、最不会出错的了。姑嫂之间，嫂是尊长，对夫婿要“低声问”，对小姑则可“遣”，也是很契合两人的身份，写得十分细腻生动。

读罢这首小诗，想必大多数人都会为新媳妇的聪慧和巧思所折服，诗人用了寥寥二十字就将一个聪慧机敏、和顺谨慎的新嫁娘写得活灵活现，能将这样的日常生活场景入诗，且自然朴实、不露斧凿痕迹，实属不易。

家庭和睦古往今来都是大众所追求的一种理想，古话说得好，“家和万事兴”，而在以儒家文化为主导的东亚传统文化中，家庭的概念从来不会只有夫妇两人，妻子不仅要经营好跟丈夫两个人的小家庭，还要侍奉公婆。而诗中的这位女子无疑成功地做到了这一点，看她游刃有余地处理着和婆婆、小姑的关系，不难想象这样聪慧可爱的女子一定也是深得夫婿喜爱、婚姻和谐的。

◀ 明·唐寅《王蜀宫妓图》

今夕何夕，与君再逢。

“久旱逢甘霖，他乡遇故知”，

乃“人生四喜”之二，

可见故友重逢是多么令人向往、多么令人欣喜。

遇故知

淮上喜会梁州[1]故人

唐◎韦应物

江汉曾为客，相逢每醉还。

浮云一别后，流水[2]十年间。

欢笑情如旧，萧疏鬓已斑。

何因北归去，淮上对秋山[3]。

作者简介：

韦应物（约737—约791），字义博，唐代诗人，京兆万年（今陕西省西安市）人。因出任过苏州刺史，世称“韦苏州”。诗风恬淡高远，以善于写景和描写田园风物著称。

注释：

①淮上：淮水边。梁州：指兴元府（今陕西省汉中市）。

②流水：喻岁月如流，又暗合江汉。

③淮上对秋山：淮上风光可恋，“不归去”之意。

傅抱石《江干送别图》

喜会故人，笑叹少年荒唐事

韦应物生于官宦之家，潇洒俊逸，年少时任唐玄宗近卫，入大学侍读，然而飞扬跋扈，仗势欺人，百姓为此苦不堪言。盛世渐衰，安史之乱起，唐玄宗仓皇逃至西蜀，韦应物不再担任三卫郎一职。此时，他已年近三十，决然痛改前非，折节读书，以文才入仕途，也曾一度赋闲家中，后在多地任刺史，清廉奉公。韦应物在晚年时所作的《逢杨开府》中写自己遇见少年相识的故人杨开府，回忆起自己的年少荒唐事，但未见悔恨，甚至多有留恋。不过他改任文官之后，性格大有转变。

韦应物在江淮一带任刺史，在淮上遇着梁州故人。客居他乡，偶遇故知，“人生四喜”之一。多年之前，韦应物与故人都曾客居江汉梁州，同为他乡之客，相交甚笃。每次相逢的时候，必定畅饮美酒，促

膝长谈，直至酣醉才会回去。天下无不散之筵席，离别之后，谁又想到在这里不期而遇呢？流水十年间，阔别是这般漫长。如今，两人已不再年轻，年岁的痕迹爬上脸庞，两鬓染秋霜。韦应物见到故人满是欣喜，两人久别多年，握手言欢，追忆往昔相逢乐事。他乡遇故知的“喜”，从题中便可看出。这份喜悦从相见欢谈到回忆旧时乐事蔓延开来，但“浮云一别后，流水十年间”里的感叹陡生悲伤之情。二人相别之后，宛若浮云般四处飘游，岁月蹉跎，宛若大江流水。江水滔滔，东流无复返。当故友问及韦应物为何还不回的时候，韦应物答道“淮上对秋山”，是为留恋此处，不愿归去。然而，淮上无山，只是难以归去才偏说有山，恋而不归。全诗以绵密的结构、曲折的抒写，表现了诗人与故人重逢时那种悲喜交集的复杂心情，读来令人荡气回肠。

韦应物在淮上不仅遇见梁州故人，还遇到了在洛阳时的同僚李主簿。他在《淮上遇洛阳李主簿》中写道，“日夕逢归客，那能忘归游”。

淮上风光无限，才子多作诗于淮上。既有本文的他乡遇故知的喜悦，也有送友千里行的不舍。古时交通极为不便，出门远游不以日计，而以年岁计，一旦道别，不知何时相见。故好友道别之时，诗人之间往往抒发不舍别离之情，如郑谷所作之诗《淮上与友人别》，对友人的不舍从“扬子江头杨柳春，杨花愁杀渡江人”中便可看出，愁煞旁人。韦应物能够在淮上喜遇梁州故人，在古代车马或舟楫缓慢的交通条件下，实属不易，应倍加珍惜，细细品味“他乡遇故知”的喜悦。

◀ 吴观岱《云山会友图》

江乡故人偶集①客舍

唐◎戴叔伦

天秋月又满，城阙②夜千重③。

还作江南会，翻疑④梦里逢。

风枝⑤惊暗鹊，露草覆寒虫。

羁旅⑥长堪醉，相留畏晓钟⑦。

作者简介：

戴叔伦（732—789），中唐著名诗人，润州金坛（即今江苏省金坛市）人。其诗多表现隐逸生活和闲适情调。

注释：

①偶集：偶然与同乡聚会。

②城阙：宫城前两边的楼观，泛指城池。

③千重：千层，形容夜色浓重。

④翻疑：反而怀疑。翻：义同“反”。

⑤风枝：风吹动树枝。

⑥羁旅：犹漂泊。

⑦晓钟：报晓的钟声。

明·仇英《松溪论画图》

旅舍偶遇同乡客

戴叔伦生于隐士之家，其祖父戴修誉与父亲戴昚用，虽为士人，但二人终生隐居不仕。戴叔伦聪颖过人，年少时师从著名的学者萧颖士，是其得意门生。为了躲避永王兵乱，二十五岁的戴叔伦随亲族搭商船逃难至江西鄱阳，在人生地疏的异乡探寻仕途。后来，他得到刘宴的赏识，入幕江南。这首诗，正是作于其南下入幕期间。

由于职务所需，戴叔伦经常外出办事。秋夜，又见月亮盈满，高悬空中。城中夜色深浓，戴叔伦于城中寻到旅店，打算在此投宿一晚，翌日再启程。步入旅店后，却发现离别多年的同乡旧识也投宿于此。起初见到他的时候，戴叔伦还以为是自己甚是思念，于梦中重逢。再度确认之后，原来同乡旧识真的来到了江南。天下之大，茫茫人海中，二人在羁旅途中不期而遇，这份欣喜与感慨，不言而明。然而，他们也不过停留一宿，明早仍然要面临分离。毕竟长久相离，短暂重逢，不如今夜有酒今夜醉，共饮，望穿秋夜。

窗外晚风习习，吹动树枝，摇曳晃动，惊到树上栖息的乌鹊。秋草披满霜露，伴随着悲吟的寒虫。你我客居他乡，应该畅饮以排遣愁闷。愿留友人长饮叙旧，只担心天晓鸣钟。

本诗之喜，在于喜遇故知，但同为羁旅之人，难免思归，而友人次日将再别。在颈联中，“还作江南会，翻疑梦里逢”，这份喜悦来得太突然，一时还以为是在梦中，一如司空曙在《云阳馆与韩绅宿别》中所写的“乍见翻疑梦，相悲各问年”，只因与故人江海相别，重隔山川，而今，这份乍见之喜，直让人不敢相信。幸而不是梦，真真切切、实实在在地，友人就在自己眼前。然而，这份喜是深沉的。颈联引用曹操的《短歌行》的典故“月明星稀，乌鹊南飞。绕树三匝，何枝可依”，暗寓乡思。喜相逢之情、不愿离别之感，心中悲喜交集。杜甫在《江南逢李龟年》中写到“正是江南好风景，落花时节又逢君”，同是与友人于江南相会，一春一秋，各有不同。杜甫与李龟年相逢，恰好是在暮春时节的江南，江南美景本身就是一绝，繁花飘落使春末的江南更添秀丽，在风景秀丽的胜地再遇故人，美景加上相逢，可谓是喜上加喜了。戴叔伦与友人重逢是在萧瑟的秋天，然而凄凉的秋色与羁旅之愁的抑郁沉闷更能显出此刻“同乡旧时，他乡相逢”的惊喜啊！

◀ 明·陈洪绶《途中相会图》

喜见外弟①又言别

唐◎李益

十年离乱②后，长大一③相逢。

问姓惊初见，称名忆旧容。

别来④沧海事，语罢暮天钟⑤。

明日巴陵⑥道，秋山又几重。

作者简介：

李益（748—829），字君虞，陇西姑臧（今甘肃省武威市）人，唐代诗人，以边塞诗作名世，擅长绝句，尤其工于七绝。

注释：

①外弟：表弟。言别：话别。

②十年离乱：在社会大动乱中离别了十年。离乱：一作“乱离”。

③一：副词，可作“竟然”或“忽而”解。

④别来：指分别十年以来。来，后也。沧海事：比喻世事的巨大变化，有如沧海变桑田，桑田变沧海那样。

⑤语罢：谈话停止。暮天钟：黄昏寺院的鸣钟。

⑥巴陵：即岳州（今湖南省岳阳市），即诗中外弟将去的地方。

清·吴友如《古今人物百图之五十四》

十年别离，一夕相逢

安史之乱后，藩镇林立。乱世之中，百姓流离失所，为了躲避战乱，求得生存，他们只得与亲友相别，各奔东西，饱受失散离别之苦。李益家乡地处国土西北，常遭外族侵扰，无可奈何背井离乡。他在《从军诗序》中回忆：“君虞长始八岁，燕戎乱华。”

唐广德二年（764年），李益随家迁居洛阳。他偶然间遇见一男子，似是故人，却不知是哪位故人。寒暄一番，当外弟向他道出姓名，他才想起外弟旧时面容。然而，他与外弟相别时，两人都不过是不谙世事的七八岁孩童，此次不期而遇，已是十年后了。记忆中的孩童都历经了战乱的磨难成长为青年模样，早已不见稚嫩，过去的岁月给彼此都刻下了成长的印记。十年别离，一夕相逢。千言万语，欲语凝噎，万般心绪涌上心头，不禁喜极而泣。十年后的偶然相逢，谁又能说不是缘分了。兵荒马乱，失散流离，离别后却又有缘重逢是何其幸运。相逢相认那一刻，李益与外弟二人难以抑制重逢之喜，有许多话要说给对

唐·韩滉《文苑图》（局部）

方听。十年间，李益经历了什么，外弟又经历了什么？自从分别之后的国事、家事、天下事、沧桑世事，谈也谈不完。两人非常珍惜这极为宝贵的相逢时刻。从白天说到黑夜，方才停下，然而十年世事沧桑，诉说不尽。次日，外弟又将要南下巴陵，只道是相见又须言别，此后二人又将山水重隔，不知何日再见。

全诗从“喜见”到“言别”过程，真实地再现了安史之乱后人生中亲友离散聚合的一个缩影，抒发了作者对乍见旋别这一人生特殊时刻的感叹和悲喜，亲友相认的喜悦，夹杂着战乱带来的人生漂泊之感，还有亲友离散的悲伤。有悯乱哀时的历史沧桑却又极富浓郁的亲友相认欣喜的人情味。

李益与外弟历经离乱后的重逢让人想起相隔一湾海峡，思归故里、盼望与亲友相认的老兵和远渡重洋经商的华侨。他们许多人都没能够等到与亲友爱人相逢、畅谈回忆人生的一天。因此，在战乱离别多年后能够与离散的亲人朋友们相逢是何其的幸运。即使是转瞬即逝的一天数个时辰，能够与失散多年的亲友短暂相逢，也是世间难得之喜。

我有嘉宾，鼓瑟吹笙。

相逢意气为君饮，

系马高楼垂杨边。

与朋友聚，小酌夜话，

促膝长谈，也是不可多得的欢喜。

宴良朋

过[1]故人庄

唐◎孟浩然

故人具[2]鸡黍，邀我至田家。

绿树村边合，青山郭[3]外斜[4]。

开轩[5]面场圃[6]，把酒话桑麻。

待到重阳日，还来就[7]菊花。

作者简介：

孟浩然（689—740），名浩，字浩然，号鹿门处士，襄州襄阳（今湖北省襄阳市）人，又称“孟襄阳”，唐代著名山水诗人。

注释：

①过：拜访。

②具：准备。

③郭：古代在城外修筑的一种外墙。此指村庄的四面。

④斜：倾斜。此指山曲折远去，连绵不绝。

⑤轩：有窗户的长廊或小屋。此指窗户。

⑥场圃：农家的小院。

⑦就：赴。这里指欣赏的意思。

宋·马和《豳风图》

喜赴农家宴，何日再相逢

襄阳以南，鹿门山中，孟浩然所隐之地也。他年少时曾游于此地，后隐居一段时日。观其一生，仕途多失意，于是，他索性醉心于山水之间，以田园好风光抒发失意的怅然情绪。

《过故人庄》一诗应为孟浩然早年隐居鹿门山中之作。他应好友之邀欣然赴宴，虽为寻常家宴，但与良朋共饮，岂不乐哉！山外有青山，山里有人家。他沿路而去，见山间村落，静静矗立于平畴之地。而村落周围，绿树环绕，翠绿山峦横卧城郭之外，蜿蜒至远方。踏入故友家中，他已静待多时。寒暄一番，临窗相对而坐，席上美酒佳肴，举杯共饮，相见无杂言，共话农家之事。一杯酒下肚，故人起身开窗，视野随之开阔。窗外是一方谷场菜园，远处青山绵延，佳景尽收眼底，佳友在侧，好不惬意。一番畅饮闲

清·焦秉贞《康熙御制耕织图》（第九图）

谈，心生喜悦，此番赴宴，更期再次相会，临走时不忘与好友相约“待到重阳日，还来就菊花”。九九重阳日，登高好时节，亦是赏菊好时候。菊花大多生长于偏僻之处，于飒爽秋风中绽放，与世无争，被誉为“花中隐士”，一如周敦颐在《爱莲说》中所写的“菊，花之隐逸者也”。陶渊明徜徉于山水之间，尤爱菊，想必当时孟浩然待重阳之日赏菊也是乐于隐逸之趣。当然，他并非全然无仕途之愿，只是失意郁闷而寄情于山水。《旧唐书》中写道：“孟浩然，隐鹿门山，以诗自适。年四十，来游京师，应进士，不第，还襄阳。”孟浩然与王维交谊甚笃，相传王维曾私邀孟浩然入内署，适逢玄宗至，孟浩然惊避床下。王维不敢隐瞒，据实奏闻，玄宗命其出见。孟浩然自诵其诗，至“不才明主弃”之句，玄宗不悦，说：“卿不求仕，而朕未尝弃卿，奈何诬我！”放归襄阳。后漫游吴越，穷极山水之胜。

《过故人庄》一诗以清新质朴的言词描述赴宴之喜。人之喜有千般模样，“喜欲狂”是一种，而孟浩然前去故人家中拜访赴宴的喜，是轻快欢愉的喜悦之情。这份喜悦流露于字里行间，全诗无“喜”更甚有“喜”。孟浩然由情见景，以喜悦的心情、平淡自然的语句，描绘出生活宁静、恬然舒适的农村生活图景。故友备齐佳肴，邀请他叙旧。颔联中的“绿树村边合，青山郭外斜”可谓全诗写景之极致，一“合”一“斜”，远近相依。相见之时，言笑晏晏，告辞之前相约佳节再叙。本次赴宴，以重阳之约作为尾声，是喜悦之情的延伸。

孟浩然之诗颇有成就，多关于山水、田园与行旅，后人评价极高。李白就曾作诗《赠孟浩然》道：“吾爱孟夫子，风流天下闻。红颜弃轩冕，白首卧松云。”李白倾慕其潇洒之气、白首归隐之淡然。于孟浩然而言，纵然终其一生，仕途困顿失意，但人生转身是山水之间，喜悦自来。

客至[1]

唐◎杜甫

舍南舍北皆春水，但见群鸥日日来[2]。

花径不曾缘客扫，蓬门[3]今始为君开。

盘飧市远无兼味，樽酒家贫只旧醅[4]。

肯与邻翁相对饮，隔篱呼取尽馀杯。

作者简介：

杜甫（712—770），字子美，自号少陵野老，河南巩县（今河南省郑州市巩义市）人。唐代伟大的现实主义诗人，后人称其为“诗圣”。其记录当时历史兴衰的诗被称为“诗史”。

注释：

①客至：客指崔明府，杜甫在题后自注：“喜崔明府相过”。明府，县令的美称。

②舍：指家。但见：只见。此句意为平时交游很少，只有鸥鸟不嫌弃能与之相亲。

③蓬门：用蓬草编成的门户，以示房子的简陋。

④市远：离市集远。兼味：多种美味佳肴。无兼味，谦言菜少。樽：酒器。旧醅：隔年的陈酒。

明·谢环《杏园雅集图》（局部）

喜迎客至且尽饮

自安史之乱起，杜甫历经颠沛流离，后携家眷入蜀，得好友相助，建草堂一座，居住数年。

“万里桥西宅，百花潭北庄。”陋室虽陋，但不必如浮云般漂泊不定，又有佳景相宜，心也欢喜。日子平淡，却不免寂寞冷清了些。年岁更迭，又是一年春来到。前些时日，春雨随风入夜，细细密密落在了万物萌生的土壤中，晚上走出草堂，只见细雨迷蒙，期待着“晓看红湿处，花重锦官城”。此时，杜甫在锦官城的西郊，看周围生机盎然，姹紫嫣红一片。草堂南边和北边的江面，春水高涨，环绕江村，而鸥群也因水涨日日结队飞来，在屋舍南北飞舞还嬉戏，无拘无束。春日融融，环境清幽宁静，只是叹息没有客人拜访，难免落寞了些。草堂前的小路上落花积落也不曾扫走，无人来访，便随它去吧。杜甫幽居草堂，心念着：“哪位客人会来与我相会呢？”

县令崔明府来了。明府是唐朝时对县令的专称。

县太爷来了，“蓬门今始为君开”，杜甫打开柴门，对远道而来的客人欣喜相迎。鸥鸟相伴，客人亦至，乐哉。杜甫为崔明府准备了菜肴和家酿的陈酒，有些困窘，略带歉意说道：“崔明府你远道而来，好友相聚，人生快事啊！作为主人的我，理应用佳肴新酒来款待你。奈何我居住的草堂地方偏僻，远

萧愻

离闹市，家中又贫陋。菜无兼味，浊酒一杯，还请不要介意啊！”崔明府自是不介意的，亲友相聚，酣畅高谈，其乐融融。好久不曾这般欢喜，趁此时刻，不如唤邻家老翁一同饮酒分享这份喜悦。于是，杜甫征询崔明府：“你若是愿意的话，我把邻居老翁叫来，大家一块共尽余兴如何？”“请过来！”崔明府答道。于是乎，杜甫隔着篱笆呼唤邻家老翁：“我家有客人来了，一同饮酒吧！”

杜甫之诗多忧思郁闷，喜诗不在多数。《客至》被称为杜甫生平第一快诗自然是后话了。《客至》一诗为喜迎客来，畅谈欢饮，全诗紧扣一个“喜”字，将客人拜访草堂一事欢愉地描写出来。草堂幽僻，鲜有客至，今有客来，甚为欢喜。杜甫在首联中所描写的祥和安然之景，其实暗含隐居落寞之意，而崔明府的到来，使得杜甫可得与友人共赏春景，落寞之意随春水东流而去，一去不复返。但“盘飧市远无兼味，樽酒家贫只旧醅”，杜甫喜中带有歉意，未能很好地款待客人，但客人不介意。杜甫对佳客来访的由衷喜悦，款客时宾主忘机、尽兴饮宴的欢快场面，字里行间洋溢着“喜”的心情，已然足矣。

◀ 萧逊《深山访友图》

下终南山过斛斯山人①宿置酒

唐◎李　白

暮从碧山下，山月随人归。

却顾所来径，苍苍横翠微。

相携及田家，童稚开荆扉。

绿竹入幽径，青萝拂行衣②。

欢言得所憩，美酒聊共挥。

长歌吟松风③，曲尽河星稀④。

我醉君复乐，陶然共忘机⑤。

作者简介：

李白（701—762），字太白，号青莲居士，又号“谪仙人”，祖籍甘肃天水，唐代伟大的浪漫主义诗人，被后人誉为“诗仙”。

注释：

①终南山：即秦岭，在今西安市南，唐时士子多隐居于此山。过：拜访。斛斯山人：复姓斛斯的一位隐士。

②青萝：攀缠在树枝上下垂的藤蔓。行衣：行人的衣服。

③松风：古乐府琴曲名，即《风入松》，此处也有歌声随风而入松林的意思。

④河星稀：银河中的星光稀疏，意谓夜已深了。河星：一作“星河”。

⑤陶然：欢乐的样子。忘机：忘记世俗的机心，不谋虚名蝇利。

明·谢环《杏园雅集图》（局部）

对酒当歌，人生几何

赏游终南山，暮色苍苍，月出于东山之上。初生之月陪伴着诗人从苍翠郁郁的终南山下来。再回头看走过的山间小径，山林苍茫一片青翠。再去拜访隐居于此的友人斛斯山人，相携到他家，到门口，孩童出来急忙打开了柴门。从柴门进入之后，还要穿越竹林走过一条幽静的小路，一路上青萝枝叶轻轻拂过行人的衣裳。到斛斯山人的屋舍，坐至桌前，举杯共饮，与主人家相谈甚欢。兴致来了，欢声歌唱，随风飘扬，喜也！把酒言歌，歌罢，已是深夜时分，只见银河星星稀稀落落。二人饮酒，甚为欢喜，终南山苍翠，斛斯山人好客，此时此刻，已然忘了世俗奸诈的心机。

关于此诗的创作时间，有两种说法。一种说法是：李白作此诗时，正在长安供奉翰林。李白一生中曾两入长安，第一次是在唐开元十八年（730年），李白三十岁时；第二次是在唐天宝元年（742年），李白四十二岁时。此诗写于李白二入长安时期。另一种说法是：李白此诗作于唐天宝十一载（752年）春，当时李白五十二岁，正隐居于终南山。

明·仇英《桃李园图》（局部）

终南山，是几座连绵山峰的总称，坐落于陕西省南部，今称秦岭。历代士人多隐居于此，陶渊明曾在此“采菊东篱下，悠然见南山”；王维深入山中，“行到水穷处，坐看云起时”……终南山中的悠然让人无不向往。

《下终南山过斛斯山人宿置酒》一诗，从题名中便可看出，此诗所写内容为诗人游览终南山再去拜访隐居于此的姓斛斯的友人一事。游历美景再与友人相聚，岂能不心生喜悦？李白生性烂漫、漫游山水，不愿与世俗同流合污。得以此时，与好友欢谈畅饮，“陶然共忘机”，不必让官场的奸诈扰乱内心的平静。他的喜悦融入了诗中的每一个字，景物描写中是喜，把酒言欢中是喜。在第九、第十句的“欢言得所憩，美酒聊共挥”中更是直言“欢喜”。于最后两句，“我醉君复乐，陶然共忘机”，忘却世俗尘嚣的纷扰与心机。“山月随人归”，把月写得如此脉脉含情。月尚如此，人则可知。第三句“却顾所来径”，写出诗人对终南山的余情。这里虽未正面写山林暮景，却是情中有景——正是旖旎山色，使诗人迷恋不已。第四句又是正面描写。“翠微”指青翠掩映的山林幽深处，“苍苍”两字起加倍渲染的作用，“横”有笼罩意，此句描绘出暮色苍苍中的山林美景。这四句，用笔简练而神色俱佳。与斛斯山人“相携及田家”，显出情谊的深厚。

游历终南山，良朋设宴，把酒言歌，相谈甚欢，喜哉！

桃花芳园，天伦乐事。

老来岁月闲适，儿孙绕膝。

古人说，有子万事足，

儿童偷把长竿，

老夫静处闲看，

也是一种乐趣。

乐天伦

感皇恩·自寿

宋◎马子严

深约海棠开，一庭儿女。

共插满头笑相语。

入春准备了，到今朝团聚。

近来都不怕，风和雨。

一个一杯，君山绿醑①。

何必贪多似彭祖②。

但须看遍，子生孙孙生子。

便年年拼一醉，花前舞。

作者简介：

马子严（生卒年不详），字庄父，自号古洲居士，建安（今福建省建瓯市）人，南宋文人。

注释：

①绿醑：绿色的清酒。

②彭祖：彭姓，名翦，又称篯铿。神话中的长寿仙人，传说中是南极仙翁的转世化身，在神话中他享寿八百多岁，实际上应该活了一百三十岁左右。

溥儒《儿童嬉戏图》

儿孙满庭，喜不自胜

马子严，宋淳熙二年（1175年）进士，历铅山尉，恤民勤政。长于文词，为寺碑，隐然有排邪之意，为仓铭，蔼然有爱民之心（《嘉靖铅山县志》卷九）。

《感皇恩·自寿》是马子严为自己生日所作的贺寿词，词人的生辰在万物萌生的春日，每年生辰的时候，家族中的子女儿孙总会共聚一堂，每个人都精心地打扮自己来给老人最好的印象，为他祝寿。庭院中，大家开怀畅聊，其乐融融，处处充满欢声笑语。这寿辰宴会从初春就已经开始准备，终于到了寿辰之日 ，海棠花开，花香溢满庭院，是日，是欢聚一堂的佳日。庭院海棠飘香，同样酒香四溢。院中的子女儿孙都上前来敬上一杯绿色的美酒，一饮而尽，酒中承载的祝福与欢乐也回荡心中。不禁感慨道，彭祖长命百岁，但又何须像他一样活得如此之长久呢？只要能够看到子又生孙，孙又生子，儿孙满堂，每年生辰都能品尝好酒一醉方休，在海

清·吴求《豳风图之八月剥枣》

棠花前醉舞，享尽儿孙满堂、闲适的天伦之乐便是追求的人间之喜了。

马子严写的这篇词看似简单，但是通过质朴的词句淋漓尽致地表现出生辰时满堂儿孙前来祝寿的天伦之喜。本词开篇便是“深约海棠开，一庭儿女”，其乐融融的享受天伦之乐的场景。红艳的海棠花于春末时开花，作者的生辰就在此时，但是儿女们在初春就已经开始为家中老人的生日和一家人的团聚做准备，儿女们的精心准备自然使作者非常开心快慰。他们每个人还敬上绿色的美酒，古代喜欢美酒之人众多，作者也不例外，他叹享“绿醑”。古代用器物漉酒，将酒去糟取清叫作醑，所以“醑”的本义就是经多次沉淀过滤的酒，“绿醑”也就是绿色的清酒。唐太宗《春日玄武门宴群臣》诗：“清尊浮绿醑，雅曲韵朱弦。”宋苏轼《谒金门·秋感》词：“孤负金尊绿醑，来岁今宵圆否？”明陆采《明珠记·雪庆》：“似今日闷拨红炉，知何日同斟绿醑。”词中的彭祖是古代有记载的一位长寿之人，相传他活了一百三十多岁。但是正当生辰之日，子孙满堂又有美酒相伴，作者连彭祖也不羡慕了，人生在世只要能够享得天伦之乐，又有美酒鲜花相伴便此生足矣。作者通过海棠花、绿醑和彭祖几个意象，深切地表达出儿孙满堂、家人相聚，又有美酒相伴能一醉方休的喜悦之情。

人的寿命本来就是有限的，但是能在年事已高的时候看到自己的子子孙孙在身旁，又有自己喜欢的事物相伴，还是非常欣喜的，更何况子女还如此孝顺，这便是简单而又不平凡的天伦之喜。

清平乐·村居

宋◎辛弃疾

茅檐[1]低小，溪上青青草。

醉里吴音[2]相媚好[3]，白发谁家翁媪？

大儿锄豆溪东，中儿正织鸡笼。

最喜小儿亡赖[4]，溪头卧剥莲蓬。

作者简介：

辛弃疾（1140—1207），原字坦夫，后改字幼安，号稼轩，山东济南府历城县（今山东省济南市）人。南宋豪放派词人，将领，有“词中之龙”之称。与苏轼合称“苏辛”，与李清照并称“济南二安”。

注释：

①茅檐：茅屋的屋檐。

②吴音：吴地的方言。作者当时住在信州（今上饶），这一带的方言为吴音。

③相媚好：指相互逗趣，取乐。

④亡赖：这里指小孩顽皮、淘气。亡，通“无”。

清·冷枚《农家故事图册》（局部）

乐享天伦

辛弃疾少年时正处于国运衰颓的时代，看尽家乡被占，硝烟滚滚，山河破碎。因此，他立下壮志。青年时，他驰骋沙场，保家卫国，豪放不羁，壮志凌云，写下许多记录沙场沉浮的壮丽篇章。作为南宋仕宦，他才干出色，忠于朝廷，然而，当时官场许多官员嫉贤妒能，他受人排挤。正值壮年时，他因受到弹劾而被免职，离开朝廷，归居上饶。此后的时间里，他大多闲居乡里。他欣羡隐逸高人，但乡野生活却未必尽如他意。不过和平宁静、朴素舒适的乡野田园生活对百姓来说，是人生之幸事，若儿孙膝下绕，更是尽享天伦之乐。因为还乡，辛弃疾对农村田园、村

連生貴子圖
金門畫史冷枚

居生活有了更多了解，亦写下多首关于田园的词，《清平乐·村居》便是其中一首。

闲来无事，在乡野里行走，静赏田园风光无限好。沿小路走去，可见青青溪边草，流水潺潺。溪头有一方藕地，正值收获季节。一方池塘，一池荷花。而小溪边上，小小茅屋一间，那屋檐又矮又小。边走边饮酒，醉意中隐约听到了亲切悦耳的吴音对话。细看，原来是一对两鬓斑白的农家夫妇在茅屋前闲话家常，笑意盈盈。继而看到老夫妻的三个儿郎，竟是一律的忙碌：大儿子在小溪东边的豆地里辛勤地锄着杂草；二儿子正熟练地编织鸡笼；最年幼的小儿子也不甘清闲，淘气地趴在溪边剥着莲蓬。好一幅五口之家其乐融融的生活画面。老夫妇二人“醉里吴音相媚好”，他们共度半生，你侬我侬，现今鬓发染白霜，儿子孝顺，得以享受天伦之乐。

全词蕴含着词人对安宁平和的田园生活的喜爱与向往，围绕潺潺流水的小溪铺陈展开溪水边田园农家的生活画面，“醉里吴音相媚好”表现出“翁媪”尽享天伦之乐的喜悦，一家人的生活忙碌却又闲适快乐。最后一句“溪头卧剥莲蓬”中运用了白描的手法，更是把小儿子在溪头尽情地调皮玩耍、卧剥莲蓬吃的情景表现得细致而饶有情趣。其中的“卧”字尽现小儿天真、活泼、顽皮的情态。

其实，不论是千百年前，还是如今，家庭和睦美满、家人身体健康、儿孙绕膝下便是喜事一桩。然而，人有悲欢离合，月有阴晴圆缺，世间有团聚的喜悦，也难免会出现“树欲静而风不止，子欲养而亲不待”的无奈与苦楚。所以，一家人平和安详地生活在一起，怎能不喜上眉梢呢？

◀ 清·冷枚《连生贵子图》

小岁日[1]喜谈氏外孙女孩满月

唐◎白居易

今旦夫妻喜，他人岂得知。

自嗟[2]生女晚，敢讶见孙迟。

物以稀为贵，情因老更慈。

新年逢吉日，满月乞名时。

桂燎[3]熏花果，兰汤[4]洗玉肌。

怀中有可抱，何必是男儿。

作者简介：

白居易（772—846），字乐天，晚年号香山居士，祖籍山西太原，唐代伟大的现实主义诗人。有“诗魔”和“诗王”之称。

注释：

①小岁日：古代于冬至后第三个戌日行腊祭，腊祭次日为小岁。

②嗟：文言叹词。

③桂燎：桂木做成的火炬，用于庭中照明。

④兰汤：熏香的浴水。

清·佚名《教儿写字图》

喜得千金

白居易生于乱世，其家为中小官僚之家，“世敦儒业”。为避战乱，他随母亲迁至父亲任官所在地符离。他自幼聪颖过人，读书又刻苦。及第，入仕途。时年三十六岁，任左拾遗，娶同僚杨汝士的从妹为妻。其实，白居易娶妻之前有一段一生都念念不忘的凄美爱情故事。

白居易曾作诗多首寄予少年相识且相伴多年的心上人湘灵。他随母亲迁至符离，认识了湘灵。两人朝夕不离，青梅竹马，相知相恋。他曾写下《邻女》一诗，称赞湘灵：“娉婷十五胜天仙，白日嫦娥旱地莲。”二十七岁时为了家庭与前程，他离开符离前往江南。后考中进士，返乡，恳求母亲同意自己与湘灵的婚事，但其母因为两家并非门当户对而不同意他们的婚事。尽管白居易多次苦苦哀求，仍遭其母拒绝，他只得以不婚作为抵抗。但母亲以死相逼，白居易最终娶了妻。父母之命、媒妁之

言，封建礼数约束之下，他只得屈服。白居易在被贬江州途中遇见湘灵父女二人，得知年至四十的湘灵始终未嫁。此次相逢，他写下“即今欢乐事，放盏又成空”。

对湘灵的爱意与有情人难成眷属的哀愁总是萦绕在白居易心头。生活总归要继续，白居易另娶他人，生儿育女，三十八岁时才得一女，取名金銮，然三岁就病夭了。金銮病夭，白居易“朝哭心所爱，暮哭心所亲”。他四十二岁时再得一女，取名阿罗，“寒灯补衣下，小女戏床头”。虽想得子，但曾痛失爱女的白居易，认识到有女健康成长，也是一件欣慰事了。在男尊女卑的封建社会，白居易也心急，但又如何呢？五十八岁时他终于得子，取名阿崔。老来得子的白居易欣喜若狂，将阿崔视若珍宝，细心呵护，但造化弄人，阿崔也夭折了。

清·冷枚《百子图》

阿罗二十岁时嫁到一户姓谈的人家，婚后两年生了一个女孩。白居易兴高采烈地为外孙女起了个名字叫“引珠”，并且在引珠满月时，亲赴谈家写了这首《小岁日喜谈氏外孙女孩满月》诗贺喜，把自己一生挚爱女儿的甘苦，浓缩成富有哲理的诗句，以示后人。阿罗夫妇也没有辜负父亲的教诲，夫妻恩爱，关爱女儿，被人们传为佳话。

白居易历经两度丧失子女之痛，与平常人有不一样的人生体悟，他满怀喜悦与怜爱之情写下《小岁日喜谈氏外孙女孩满月》，是对新生命的祝福，也是对男尊女卑的封建传统观念的突破。他在得知女儿生下外孙女之后，心怀喜悦，感叹自己年逾四十才生下阿罗，自己暮年时分才见着外孙女的诞生。新生遇着新年，喜事逢吉日。“怀中有可抱，何必是男儿。”

长风万里，小舟轻逝。

醉翁之意不在酒，在乎山水之间也。

对自由的向往，

如同海上飞翔的鸥鹭，

令人胸怀开阔。

享自由

归园田居（其一）

晋◎陶渊明

少无适俗韵，性本爱丘山。
误入尘网中，一去三十年。
羁鸟[1]恋旧林，池鱼思故渊。
开荒南野际，守拙[2]归园田。
方宅十余亩，草屋八九间。
榆柳荫后檐，桃李罗堂前。
暧暧远人村，依依墟里烟。
狗吠深巷中，鸡鸣桑树颠。
户庭无尘杂，虚室有余闲。
久在樊笼[3]里，复得返自然。

作者简介：

陶渊明（352或365—427），名潜，字渊明，又字元亮，号五柳先生，私谥靖节，浔阳柴桑（今江西省九江市）人，东晋诗人、文学家、辞赋家、散文家。曾任彭泽县令，后辞官回乡，从此隐居。

注释：

①羁鸟：笼中之鸟。
②守拙：意思是不随波逐流，固守节操。
③樊笼：蓄鸟工具，这里比喻官场生活。樊，藩篱，栅栏。

清·任薰《人物图》（之一）

还来东篱就菊花

晋义熙元年（405年）秋天，陶渊明前往距离家乡不远的彭泽县做县令。就在这年的冬天，陶渊明在任八十一天时，恰逢浔阳郡的督邮前来巡查公务。有人告诉陶渊明说那是上面派下来的人，应当穿戴整齐、恭恭敬敬地去迎接。恰好这次前来巡视的督邮又是个非常傲慢又庸俗的人，陶渊明听完这番话后长长叹了一口气说："我不愿为了小小县令的五斗薪俸，就低声下气去向这些家伙献殷勤。"说罢，就上交了自己的官印，辞掉官职，离开了彭泽县。此后，他便永远脱离官场。

陶渊明的曾祖父陶侃曾任大司马一职，祖父、父亲也做过太守、县令一类的官。但少时，其父早逝，由此家道中落。他幼时虽然物质生活贫乏，却热爱读书，熟习儒道经典。一方面，他胸怀"猛志逸四海，骞翮思远翥"的远大抱负；另一方面，匡庐的青山绿水也使他生出向往自然之心。将近中年，陶渊明才进入官场，但终其一生，他所做的不过是祭酒、参军、县令一类的芝麻小官。东晋末期至南朝宋初期，那是个统治阶级内部相互倾轧的年代，国家政治腐败，官场充满了险恶，同许多有识之士一样，陶渊明

採菊圖
甲戌冬齊璜

不仅难酬壮志，而且不得不在苟合取容中降志辱身，和一些官场人物虚与委蛇。最终，在刚刚赴任这一年，他决意挂冠归田。此诗即是写于此背景之下。

开篇以追悔开始，“少无适俗韵，性本爱丘山”，所谓“适俗韵”无非是逢迎世俗、周旋应酬、钻营取巧的那种丑态，这是诗人从未学会的东西。诗人率真的本性与淳朴的乡村、宁静的自然有一种内在的共通之处。“误落尘网中，一去三十年”，作为官宦子弟，步入仕途是世俗公认的人生归宿，陶渊明也难以免俗地在官场中辗转数年。“羁鸟恋旧林，池鱼思故渊”，虽在名利场沉浮数载，他却像笼中的鸟儿眷恋往日盘旋的山林，像池中的鱼儿思念过去畅游的深水，不改初心。

“开荒南野际，守拙归园田”之“守拙”回应“少无适俗韵”——因为不懂得钻营取巧，不如抱守自己的愚拙，无须勉强混迹于俗世；“归园田”呼应“性本爱丘山”——既是此天性，便顺其自然，使人生自然舒展。“方宅十余亩，草屋八九间”，诗人居住的地方虽无雕梁画栋之堂皇，却有榆树柳树的绿荫笼罩于屋后，桃花、李花竞艳于堂前，素淡与绚丽交掩成趣。“暧暧远人村，依依墟里烟”，远处的村舍依稀可见，村落里飘荡着袅袅炊烟，这般美好的景致给人以平静安详之感。“狗吠深巷中，鸡鸣桑树颠”，诗人简单描写了极为平常的鸡鸣狗吠，以动衬静，恰当地表现出农村生活的平和之感。一字一句，平白恬淡，就如陶渊明的性格一般随和自然。

全诗从对官场生活的强烈厌倦，写到美好动人的田园风光以及轻松愉快的新生活，一种如释重负的喜悦之情跃然纸上。

◀ 齐白石《采菊图》

登快阁①

宋◎黄庭坚

痴儿②了却公家事，快阁东西倚晚晴。

落木千山天远大，澄江③一道月分明。

朱弦④已为佳人绝，青眼⑤聊因美酒横。

万里归船弄长笛，此心吾与白鸥盟⑥。

作者简介：

黄庭坚（1045—1105），字鲁直，号山谷道人，晚号涪翁，洪州分宁（今江西省九江市）人，北宋著名文学家、书法家，为盛极一时的江西诗派开山之祖。

注释：

①快阁：在吉州泰和县（今属江西）东澄江（赣江）之上。

②痴儿：作者自指。

③澄江：指赣江。

④朱弦：这里指琴。

⑤青眼：黑色的眼珠在眼眶中间，青眼看人则是表示对人的喜爱或重视、尊重。

⑥与白鸥盟：此处指无利禄之心，借指归隐。

清·王云《休园图》

素心一片白鸥盟

宋元丰五年（1082年），黄庭坚当时在江西吉州泰和县知县任上，公事之余，常到快阁观览胜景。快阁雄踞在泰和县城东侧的泰和中学校园内，其因诗人的这首诗而名噪天下。傍晚，诗人在结束一天的繁缛官务之后，趁着雨后初霁，又一次地登上了暮色中的快阁，放松心绪。极目远眺，时值初冬，视线所及之处尽是起伏连绵的秋山，树叶已经落尽了，而天地也由此显得更加空旷辽远。天色很快就暗下来了，澄净如玉的澄江淙淙流向远方，一弯新月，映照在波光粼粼的水面上，显得更加空明澄澈。

在如此美景前，诗人陷入了对过去的追缅……自己幼时聪颖过人，书读几遍就能背诵；七岁那年，作牧童诗赢得无数人的喝彩，“骑牛远远过前村，短笛横吹隔陇闻。多少长安名利客，机关用尽不如君”；八岁那年，作诗送人赴举，“万里云程着祖鞭，送君归去玉阶前。若问旧时黄庭坚，谪在人间今八年”；二十二岁时，毫无悬念地考中进士。很偶然的一次机会，当时名噪天下的苏轼看到了自己的诗文，并认为自己的才华超凡绝尘、经世难遇，开始大力推举自己，同时，自己开始担任太和县知县，以平

易之策治理该县，受到百姓拥戴。

一路走来，自己的人生之路可谓顺风顺水，如今，自己已将近不惑之年，在太和令任上也有三个年头，每日在书斋中习字、作诗、著文，聊寄心中的理想抱负，日子倒也闲淡安稳。但不知为何，心中总是氤氲着一股淡淡的怅惘之情。这首诗就是在此般心境下写就的。

首句，诗人以“痴儿”自称，“我”这个书呆子办完公事，登上了快阁，在这晚晴余辉里，倚栏远眺。“痴儿”二字翻前人之意，直认自己是“痴儿”，令诗作谐趣横生；“了却”二字，渲染出了诗人如释重负的欢快心情，与“快阁”之“快”暗相呼应，从而增加了一气呵成之感。第二句之中的“倚”字，本写的是快阁的实景，但却倚在无际无垠的暮色晴空。下句，远望无数秋山，山上的落叶飘零了，浩渺的天空此时显得更加辽远阔大，澄净如玉的澄江在快阁亭下淙淙流过，一弯新月，映照在江水中，显得更加空明澄澈。这是诗人初登快阁亭时对所览胜景的描绘，也是诗人胸襟怀抱的写照。第五、第六句，是诗人巧用伯牙捧琴谢知音和阮籍青白眼的典故。因为知音不在，“我”弄断了琴上的朱弦，不再弹奏，于是只好清樽美酒，聊以解忧了。此处“横”字用得很生动，把诗人无可奈何、孤独无聊的形象神情托了出来。末句诗人说希望自己能坐上归船，吹弄着悠扬的长笛，回到那遥远的故乡，了此余生——我的这颗心啊，早已和白鸥订好盟约了。

全诗明白如话，因景抒情寄慨，字字紧扣，层层关联，用典贴切，无一字无来处，体现了江西诗派用字新奇、笔力雄健的特点，表现了诗人对官场世俗生活的厌倦以及投身自然的喜悦欢欣。

◀ 明·朱端《烟江远眺图》

早发白帝城

唐◎李白

朝辞白帝①彩云间，

千里江陵②一日还③。

两岸猿声啼不住，

轻舟已过万重山。

作者简介：

李白（701—762），字太白，号青莲居士，又号“谪仙人”，祖籍甘肃天水，唐代伟大的浪漫主义诗人，被后人誉为“诗仙”。

注释：

①白帝：今四川省奉节。

②江陵：今湖北省江宁县。

③一日还：一天就可以到达。

溥儒《灵猿图》（局部）

一路高歌任自由

唐乾元二年（759年），李白辗转来到了白帝城，流放的船只航行在湍急的三峡江面，四周一片寂静，唯有船桨拍击江水的哗哗声。船上的李白不禁发出一声长叹，自己孑然一身，路途漫漫，况且前路未卜，归途无期，年届五十九的他明白自己这辈子可能就要在这遥远的异乡孤独终老，再也无法回到家人身边了。一想到这，他就不禁忧从中来。回想三年前，自己满怀平定战乱的一腔热血，投奔永王麾下，没想到还未来得及施展抱负、建立功业，就被卷入了王室的权力纷争，受到牵连，无奈只得登上南下的船只，被发配到遥远的夜郎。

天下大乱，正是出英雄的时机。李白蹉跎十多年而不得的机会，就因永王的征辟而出现在他眼前，为了这最后的机会，李白才在自己的垂暮之年选择继续从军，帮助统治者平息安史之乱。谁知他把一切想得太简单了，稀里糊涂成了政治斗争的牺牲品。任你满怀救国热忱，不过是一枚棋子。船上的李白思绪万千，对月长叹，愤懑不已。

也许是老天爷垂怜这位满怀赤子心的诗人，在他流放的第三年，朝廷下达了大赦天下的旨意，流放中的罪臣李白因为这诏书一夜之间就恢复了自由

之身。从侍从那里得知朝廷的赦令之后，两鬓斑白的李白激动不已，赶忙让船夫调转船头，趁着黎明启程离开彩云笼罩的白帝城，返程赶往江陵。跟来程全然不同，归程一路顺风顺水，远在白帝城千里之外的江陵只花了一天时间就到了，这无疑给归心似箭的李白以极大的激励。他大喜过望，于是提笔写下了《早发白帝城》，抒发自己重获自由时欣喜若狂的心情。

第一句“彩云间”三个字揭示了早晨的景色，彰显从晦暝转为光明的大好气象，可说是诗人愉悦心情的写照。第二句一个“还”字隐隐透出诗人的喜悦，江陵本非李白的家乡，而“还”字却亲切得如同回乡一样，诗人归家的心情之迫切由此可见。

郦道元在《水经注》中称三峡一带的猿鸣“属引凄异，空谷传响，哀转久绝”，此刻这绵延不绝的猿鸣在李白听来却全无一丝悲伤哀婉之感，只因他心中满溢着重获自由后无法言状的狂喜。末句的一个“轻”字用别样的方式来写船航行得快，航船和江流也仿佛受到李白情绪的感染，瞬息间，若有神助。整首诗气势豪迈，笔锋清俊，无一个“喜”字，却处处透露出李白获释后释然、轻松的畅快心情。

◀ 傅抱石《醉卧轻舟》

神与物游，自得逍遥。

在忙碌的世俗生活中，

常会有偷得浮生半日闲的窃喜。

烂漫不过世间花，

慢煮光阴一盏茶。

意闲适

阙题①

唐◎刘昚虚

道由白云尽，春与青溪长。

时有落花至，远随流水香。

闲门②向山路，深柳读书堂。

幽映③每白日，清辉照衣裳。

作者简介：

刘昚（shèn）虚（生卒年不详），字全乙，亦字挺卿，号易轩，洪州新吴（今江西省奉新县）人，盛唐著名诗人。20岁中进士，22岁参加吏部宏词科考试得中，历任左春坊司经局校书郎、崇文馆校书郎。

注释：

①阙题：即缺题。

②闲门：指门前清净，环境清幽，俗客不至的门。

③幽映：指“深柳”在阳光映照下的浓荫。

清·任薰《人物扇面》（之一）

心与天游谁得知

刘昚虚八岁便能作文，唐开元二十一年中宏词科，进入仕途，任洛阳尉及夏县令。他本来是有着积极入世的人生态度的，但在经历了仕途中的诸多不顺之后，官场的光怪陆离使诗人心中的归隐念头愈加强烈。他开始与更多的山僧道侣交游，同时，他也与时称“吴中四友”的贺知章、包融、张旭、张若虚交游，并与孟浩然、王昌龄、高适等往来酬唱，互赠诗章。其中，他与孟浩然交谊最深，两人诗文风格有相似之处，又各有所长，互以对方为知己。刘昚虚曾作《暮秋扬子江寄孟浩然》一诗，在孟浩然去世后，又写了一首《寄江滔求孟六遗文》悼念好友，字行之间，情意恳切，托友人江滔在经过襄阳时去找寻孟浩然遗留的诗文。

人到壮年，他最终挣脱名利的桎梏，效法五柳先生，乐赋山水田园。因着种种因缘际会，他在游历江南西道洪州建昌县桃源里（今江西省靖安县水口乡桃源村）的途中，见此地山水秀美，民风淳厚，当下便决心定居于此，并建造了深柳读书堂，作诗著书自娱。本诗就写于此时此地，标题失传，题为“阙”，后来经考证，疑原题为《归桃源乡》。五十四岁卒，葬在该村云山垴，墓茔尚存。

清·任薰《人物图》

此外，在盛唐这样一个诗人才俊辈出的伟大时代，李杜独领风骚，数不尽的才子、诗人交相辉映，有创造出清刚劲健之美的豪侠诗人派，还有创造出慷慨奇伟之风的边塞诗人派，更有刘昚虚归属的以山水田园诗为主题的江西诗派。刘昚虚诗歌的主导风格便是江西诗派独具的清淡空灵之美，诗人善于用清淡的语言，写清淡的景物，抒发清淡的情感，表现了诗人静观寂照时感受到的自然界的轻微响动，以动写静，喧中求寂，超于象外而入于诗心，显示出心境的空明与寂静，饶有禅意和禅趣。

本诗首句就写进入深山的情景。“春与青溪长”，伴随山路有一道曲折的溪水，其时正当春暖花开，山路悠长，溪水也悠长，而一路的春色又与溪水同样悠长。他悠然自适，丝毫没有“流水落花春去也”的感伤情调。他沿着青溪远远地走了一段路，还是不时地看到落花飘洒在清溪中，于是自然而然地感觉到流水也是香的了。

一路行走，一路观赏，别墅终于出现在眼前。抬头一看，“闲门向山路”。这里是没有多少人来打扰的，所以门也成了“闲门”。主人分明爱好观山，所以门又向山路而设。进门一看，院子里种了许多柳树，长条飘拂，主人的读书堂就深藏在柳影之中。原来这位主人是在山中专心致志研究学问的。结末两句，诗人仍然只就别墅的光景来描写。“幽映每白日，清辉照衣裳。”这里的“每”作“虽然”讲。因为山深林密，所以虽然在白天里，也有一片清幽的浓荫散落在衣裳上面。那环境的安谧、气候的舒适，真是专志读书的最好地方了。全诗白描恬淡安宁的归隐之景，却无处不透露着由衷的自由之喜。

春日偶成

宋◎程颢

云淡风轻过午天①，傍花随柳②过前川。

时人不识余心乐，将谓偷闲学少年。

作者简介：

程颢（1032—1085），字伯淳，学者称明道先生，洛阳（今河南省洛阳市）人。北宋哲学家、教育家、北宋理学的奠基者。程颢学说在理学发展史上占有重要地位，与其弟程颐后来为朱熹所继承和发展，世称“程朱学派”。

注释：

①午天：指中午的太阳。

②傍花随柳：傍随于花柳之间。

明·陈洪绶《南生鲁四乐图》

偷得浮生乐

北宋诗人程颢在任陕西鄠县主簿时，一日踏春郊游，正是临近晌午时，白云淡淡，清风扑面。他穿过葱郁缤纷的花丛，顺着两岸随风婀娜的柳条，径直来到了河边，对着奔流的春水陷入了良久的凝思……忆及幼时，自己出生在一个书香门第，家中世代为官，儒学氛围浓厚，他与弟弟程颐自幼就对儒学产生了浓厚的兴趣，后来兄弟二人成为第二次儒学复兴的重要推动人物。二十六岁那年，他参加科举考试并考取了进士功名，先后也担任过不少重要职位。

但思及其身处的年代，以王安石为首的主张新政的变法派在政坛上较为得势，程颢从小就深受传统儒学文化的浸润，与王安石意见相左，因此长久地不为当朝皇帝重用。宦海浮沉数年，如今仕途愈发失意，倒颇有些心灰意冷之感。还好有这一方书斋，自己尚能够潜心探究理学真谛，施行教谕之事。如此想来，心中倒也添了些慰藉之意。

清·焦秉贞《荷塘泛舟图》

本诗的前二句“云淡风轻近午天，傍花随柳过前川”，看似平淡，却饱含深意。其一，写自己春游所见、所感，寥寥数笔，出色地勾勒出了怡人春景；其二，写自己流连忘返的心情。“近午天”，并不是单指自己时至中午才出来游春，而是用“近”来强调自己只顾春游忘了时间，用自己的突然发现来表现自己沉醉于大自然的心情。同样，“过前川”用“过”来强调自己在春花绿柳的伴随下“过”了前面的河流，才发现自己不知不觉已经走了很远很远。第三、第四句，“时人不识余心乐，将谓偷闲学少年”，则主要是诗人自己内心世界的直接抒发。

尽管程颢是一位著名的理学家，成日蜗居在幽深书阁里，可他仍然无法抗拒大自然对他的吸引，并做出一些为“时人”所不能理解的举动。这其中包括了他对自然真性的追求和理解，同时也包括了他对一般“时人”的嘲笑与讽刺，既表现了他对人生价值的另一种认识，也表现了他乐在其中、孤芳自赏的高雅情趣。虽仕途不顺，但却顿觉心意闲适，大有自由解脱之感，喜由心生。不得不说，这同样是一种“喜”。

观书有感

宋◎朱熹

半亩方塘[①]一鉴[②]开，天光云影共徘徊。

问渠[③]那得清如许？为有源头活水来。

作者简介：

朱熹（1130—1200），字元晦，一字仲晦，号晦庵，晚称晦翁，谥文，徽州婺源（今江西省婺源市）人，世称朱文公。宋代著名理学家、思想家、哲学家、教育家、诗人，闽学派代表人物，儒学集大成者，世人尊称其为“朱子”。

注释：

①方塘：又称半亩塘，在福建尤溪城南郑义斋馆舍（后为南溪书院）内。

②鉴：一说为古代用来盛水或冰的青铜大盆。也有学者认为是镜子。

③渠：它，第三人称代词，这里指方塘之水。

明·沈周《卧游图册》（之一）

以理贯文寓教化

宋庆元二年（1196年），为避权臣韩侂胄之祸，朱熹与门人黄干、蔡沈、黄钟来到江西新城（今江西省黎川县）福山双林寺侧的武夷堂讲学，并写下《福山》一诗。在此期间，他往来于南城、南丰。在南城应利元吉、邓约礼之邀作《建昌军进士题名记》一文，文中对建昌人才辈出发出由衷赞美。又应南城县上塘蛤蟆窝村吴伦、吴常兄弟之邀，到该村讲学，为吴氏厅堂书写“荣木轩”，为读书亭书写“书楼”，并为吴氏兄弟创办的社仓撰写了《社仓记》。还在该村写下了“问渠那得清如许？为有源头活水来”的著名诗句。朱熹离村后，村民便将蛤蟆窝村改名为源头村，民国时曾设活水乡（今属江西抚州上唐镇）以纪念朱熹。在南丰曾巩读书岩石壁上刻有朱熹手书“书岩”二字，在岩穴下小池壁上刻有朱熹手书“墨池”二字。本诗就是在如此背景下写就的。

前两句“半亩方塘一鉴开，天光云影共徘徊”是一个比喻句，将书比作“半亩方塘”，将读书时的感受比作“天光云影共徘徊”，半亩见方的池塘

傅抱石《幽居读书图》

像镜子一样清澈明净，天光和云影映照在池塘里，随着池塘里的水波不停地晃动，好像是人在徘徊。后两句“问渠那得清如许？为有源头活水来”，为什么池塘里的水这么清澈呢？是因为有活水不断地从源头流进来。实际是说，为什么读书让人有这样愉快的感受？是因为读书的人不断地将自己的思考和想法融入书中的内容，不断地受到启发的缘故啊。诗人运用巧妙自然的比喻，写出了读书的愉快感受。全诗以方塘作比喻，形象地表达了一种微妙难言的读书感受。池塘并不是一泓死水，而是常有活水注入，因此像明镜一样，清澈见底，映照着天光云影。这种情景，同一个人在读书中想通问题获得新知而大有收益、提高认识时的情形颇为相似。

这首诗所表现的读书有悟有得时的那种灵气流动、思路明畅、精神清新活泼而自得自在的境界，正是朱熹作为一位大学问家切身的读书感受。朱熹早年修习佛、道，三十一岁正式拜程颐的三传弟子李侗为师，专心儒学，成为继程颢、程颐之后儒学的重要人物。随后，他建立白鹿洞书院，订立学规，讲学授徒，宣扬道学。在潭州（今湖南长沙）修复岳麓书院，讲学以穷理致知、反躬践实以及居敬为主旨。宋庆元六年（1200年）三月初九，朱熹在家忧愤而死，临死前还在修改《大学·诚意章》。

朱熹将自己有穷的一生奉献到无穷地追寻理学真谛的旅途中。诗中所表达的这种感受虽然仅就读书而言，却寓意深刻，内涵丰富。特别是“问渠那得清如许？为有源头活水来”两句，借水之清澈，是因为有源头活水不断注入，暗喻人要心灵澄明，就得认真读书，时时补充新知识。纵观诗人的一生，在有限的时间里，专注于自己喜爱的事情，方能获得无限的乐趣。朱子如此，常人亦当如此。